路内 著

十七岁
 的
轻骑兵

人民文学出版社

图书在版编目(CIP)数据

十七岁的轻骑兵/路内著.—北京：人民文学出版社,2018
ISBN 978-7-02-013565-3

Ⅰ.①十… Ⅱ.①路… Ⅲ.①长篇小说—中国—当代 Ⅳ.①I247.5

中国版本图书馆CIP数据核字(2017)第303517号

责任编辑	赵　萍　樊晓哲
装帧设计	陶　雷
责任校对	李晓静
责任印制	王重艺

出版发行	人民文学出版社
社　　址	北京市朝内大街166号
邮政编码	100705
网　　址	http://www.rw-cn.com

| 印　　刷 | 三河市西华印务有限公司 |
| 经　　销 | 全国新华书店等 |

字　　数	148千字
开　　本	880毫米×1230毫米　1/32
印　　张	7.375　插页1
印　　数	1—20000
版　　次	2018年3月北京第1版
印　　次	2018年3月第1次印刷

| 书　　号 | 978-7-02-013565-3 |
| 定　　价 | 49.00元 |

如有印装质量问题，请与本社图书销售中心调换。电话:010-65233595

目次

四十乌鸦鏖战记
001

驮一个女孩去莫镇
019

一九九〇年的圣诞夜
031

你是魔女
043

妖怪打排球
057

偷书人
081

刀臀
093

十七岁送姐姐出门
109

没有谁是无辜的
129

赏金猎手之爱
139

为那污秽凄苦的时光
167

为闷闷写下的六页纸
185

终局
211

四十乌鸦鏖战记

四十乌鸦
鏖战记

我们所有的人,每一个,都他妈的差点冻死在一九九一年的冬天。

几乎每一个人都是瘦了吧唧的,除了猪大肠是个脑垂体分泌异常的巨胖。而那一年冬天,即使是猪大肠都他妈的差点冻死了。

这个班级一共四十个男生,学的是机械维修,没有女孩儿。全天下的女孩儿在那一年都消失了,经过了两年的技校生涯,我们都变成了青少年性苦闷,随时都可能崩溃,每一分钟都是忍耐着进入下一分钟。而那一年冬天异常的冷,冷到你什么都想不起来,连女孩儿都不想了。

四十个男生骑着自行车到郊外的装配厂去实习,装配厂在很远的地方,从城里骑到装配厂,相继看到楼房,平房,城墙,运河,农田,公路,最后是塔。塔在很远处的山上,过了那山就是采石场,关犯人的。阔逼他哥哥就在那里面干活,黄毛的叔叔在里面做狱警。我们到了装配厂就跳下车子,一阵稀里哗啦把车停在工厂的车棚里。出了车棚,看到那塔仍然在很远的地方。

进去头一天我们就把食堂蒸饭间给端了,那里有很多工人带的饭菜,放在一个像电冰箱一样的柜子里蒸，这玩意儿叫什么名字反正我也懒得考证了，中午时候，工人到柜子里去取饭菜，各取各的。头一天我们都没带饭菜，跑到食堂里一看，那儿的饭菜都吃不起，四十个人跑到柜子那儿，端起饭盒搪瓷茶缸，十分钟之内全部扫空。那会儿工人还正慢慢腾腾地往食堂这儿走呢。

吃完这顿，装配厂的厂长差点给我们班主任跪下来。

养不起你们这四十个混蛋，你们请回吧。

班主任差点给厂长跪下来。

无论如何让他们实习这两个月，保证不抢东西吃，保证老老实实的。

然后就把带头偷吃的阔逼给处分了，阔逼背了一个处分，有生之年只能去饲料厂上班了。

我跟铁和尚合吃了一个粉红色的搪瓷茶缸，那天是冬笋炖蹄髈，其他人吃得都不如我们，他们都不想去揭开一个粉红色的茶缸，不知道为什么。

吃完我们反正就溜了，记得粉红色茶缸上还有一串葡萄图案，挺好看的。

在冬天来临之前，车间主任让我们去擦窗，告诉我们，有裂纹的玻璃一律都敲碎了。这样他就可以申请换新玻璃。车间里的窗玻璃大部分都有裂纹，也能挡风，无非是不够美观罢了。四十个男生举着四十把榔头一通胡敲，窗玻璃全都被砸烂了，风吹了进来，车间主任觉得有点冷，跑到总务科去申请领五十块玻璃，总务科把申请单扔了出来。

于是这个冬天车间里连一块玻璃都没有，工人骂骂咧咧糊报纸，冷空气南下之前外面下了一场雨，报纸全烂了，再后来就没有人愿意去糊窗户了，情愿都冻着。

坏日子都是出自情愿，而好日子要看运气。

四十个男生守着一辆小推车，要用这辆推车把至少十个立方的污泥运到厂外面去。没有铲子，连簸箕都没有。八十个眼睛连同偶尔的几个眼镜片子一起瞪视着十个立方的污泥，起初还能用手捡几块土坷垃，扔进推车里，后来没法捡了，泥土如新鲜的牛粪。四十个男生蹲在污泥旁边，抽烟，打闹，做俯卧撑。我一个人推着小推车，想把仅有的一点土坷垃运到厂门口去，迎面来了一辆叉车，躲闪不及，撂下推车就跑，叉车正撞在小推车上，发出一声巨响，两个车辂辘像大号杠铃一样朝我们滚来，剩下一个铁皮车斗崩到了不知什么地方。开叉车的女工，吓得脸色潮红，跳下车子对我们破口大骂。

小推车没有了，我们抽烟。下班前车间主任扛着一把铁锹过来，让我们加班把污泥运走，看见那辆小推车，也傻了眼。我们骑着自行车呼啸而去。

那是冷空气来临的第一天，有什么东西呼啦一下收缩起来，脸上的皮都紧了。四十个男生都穿着单衫，其实也没多大差别，你要是骑自行车在一九九一年的冬天跑来跑去，那所有的棉袄都挡不住。

猪大肠刚跳上自行车，两个气门芯像子弹一样射了出来。猪大肠有两百五十斤重，是个畸形儿，二八凤凰的轮胎也受不住他跳上跳下的。我们都走了，剩下他一个人推着自行车回到了城里，修自行车的小摊一个都不见，猪大肠得了肺炎，他不用来实习了。

四十减一。出于方便起见，还是算四十个，猪大肠即使死了我们也会给他留一副碗筷的。

我们四十个人，坐在灰扑扑的车间里。外面下雪了，天色阴沉如一块白铁皮，车间里某些地方还亮着橙色的灯光，那可能是车床的灯，或者钻床，或者刨床，或者铣床。四十个人全都没搞清什么是车床什么是刨床。灯光晃眼，我们派烟，抽的是红塔山。

工人们都缩在休息室里，里面有个炉子，架着一个水壶在烧水。里面很暖和，但我们四十个人进不去，我们只能蹲在风口，捡了一些草包铺在地上，有人坐着，有人躺着，没多久就冻得神志模糊。为了清醒一下，我们建议把卵七的裤子扒下来，卵七本人也没有抗议，当他想抗议的时候，裤子已经不见了。卵七光着屁股，用草包做了一条类似夏威夷草裙的东西，围在腰里，满世界找他的裤子。后来鸡眼走到卵七身后，用打火机点燃了他的草裙。

这个游戏做完以后，我们和卵七都觉得很暖和。

这四十个人之中，杨痿是戴眼镜的，杨痿擅长画画，这门手艺是他从爷爷手里学来的，他爷爷大概是个画糖人的。杨痿用一支炭棒在墙上画了个裸女，和真人一比一的比例，乳晕有铜板那么大，这件艺术品让我们肃然起敬，全都倒退三米，眯着眼睛看画。杨痿说，画得越大，越震撼，你们看到的黄色图片都只有巴掌大，这是不具备艺术冲击力的。

老眯勃起了，可怜的老眯，看到炭棒画都会勃起。

雪下了好几天。好几天的时间，四十个男生都穿着深灰色的工作服，蹲在仓库区的棚子下面，那地方挡雪，但不挡风。我们决定派一个学生代表，去跟厂里交涉，要求给一间有墙壁的房间。最后是班长九妹妹，带着团员杠头，两个人去打电话给班主任，说我们实在冻得受不了啦。班主任说，要学习一下坚守在祖国边疆的战士嘛。

这时我们在仓库区冻得像一群刚从水里捞起来的乌鸦，先是感觉自己的耳朵不存在了，然后是鼻子，然后是脚趾，渐渐地我把全身上下都交付给了另一个人，这个人带着我穿过大雪，走到了一个类似海岬的地方。除了心脏还在跳，其他器官都停顿了。

九妹妹和杠头打完电话，在厂门口喝了一碗热豆浆，让自己暖和一点，又在豆浆店里抽了几根烟，再跑回来找我们。两个人都吓傻了，那仓库棚子塌了，铁架子和油毡拌在雪里，有点像巧克力圣代。

是火罐干的，火罐等九妹妹和杠头，等了很久，我们都快冻睡着了，火罐一个人在雪地里跑步，跑得兴起，一脚踹在工棚柱子上。听见吱吱咯咯的声音，好像煤矿塌方之前的动静。我们全都醒了，趁着年轻腿脚便利,呼啦一声跑了出去。听见轰的一声巨响,工棚被大雪压塌了。

你应该庆幸那是一杯巧克力圣代而不是他妈的草莓圣代。

四十个男生中最狠、最强、最有背景的灭绝老大在逃跑时滑了一跤,也不严重,两个门牙磕飞了。可悲的是这两个门牙曾经被人打下来过一次,磕飞掉的是后来补上去的,那不是门牙,全是钱。如果仅仅是门牙,他也许就不会那么难过了。

下班前我们都去职工澡堂洗澡,让自己稍微暖和一点,澡堂里很安静,装配厂的职工一个都不见。我们脱光了,像奥斯维辛集中营的犹太人一样冲进去,大水池是干的,只能去洗淋浴,拧开水龙头,莲蓬头喘息了几下,流出像前列腺增生一样细细的一股凉水。

四十个光屁股的人,对着四个莲蓬头,每十个人排成一队,阳具被寒冷揉成袖珍,鸡皮疙瘩贴着鸡皮疙瘩。如果给我一把枪,我愿意把装配厂所有的工人都打死。

四十个男生就是四十把枪,有机枪,步枪,手枪,射鱼枪,红缨枪……射程与火力不同,目的是一样的。

现在这四十个人排着队,向古塔那边走去,天还是阴的,到底有多少天没见到太阳,我都想不起来了。塔看起来很近,但真要走过去,就如同在梦中脱一个女孩的衣服,怎么也脱不完,怎么也走不到。

看见河了,河面上结着冰,冰到底厚不厚,我们谁也不敢保证,但是桥确实在很远的地方。我们决定从冰面上走过去。不可能四十个人一起走，推选毛猴子做斥候，毛猴子不乐意，我们把他的车钥匙掏了出来，扔到了河对岸。毛猴子破口大骂，紧跟着他被按倒，脚下的旅游鞋被扒下，扔了过去，这样他就只能穿着袜子从冰面上跳过去了。毛猴子轻盈地踏上冰面，跳芭蕾一样，闪啊闪的，样子很贱地过去了。

路上一个人都没有。雪又开始下了，我们决定回去。

毛猴子在对岸大喊，没问题，都过来吧。一边喊一边找钥匙和鞋子，又喊，我操，我还有一个鞋子呢。

大马拎着另外一个旅游鞋，喊道，还有一个鞋子在这儿，我们先回去了，你自己过来拿吧。说完把鞋子挂在了光秃秃的树枝上。

走过农业中专，那学校没有围墙，看见一群男孩在雪中踢足球。痰盂决定去抢一个足球过来玩，我们一字排开蹲在路边，每人叼一根香烟，给痰盂压阵。痰盂想了想，觉得这四十个人都不是什么好东西，真打起来可能会袖手旁观，也可能会一哄而上，不是他痰盂被人打死，就是他痰盂带头去打死别人，这两种结果都不太好接受。抢足球的事情就不了了之了。

在农业中专那儿仍然能看见那座塔，我知道爬上塔就可以看到更远处的采石场。现在我们只能蹲在路边眺望着塔，我们离它更远了，但在视线中它并没有变得更小。雪下大了，它只是模糊于雪中。

在不同的季节你会爱上不同的女孩，我对那些永远只爱一种男人的女人表示不屑。这肯定不是口味问题，而是她们的审美出现了偏差。不同的女孩会被我在不同的季节爱上，这一定律也适用于后面那三十九个混蛋。

比如在遥远的夏天，你会爱上重点中学的女孩，也会爱上语文老师那个瘦瘦的有着好看嘴唇的女儿，或者是一个拎着西瓜刀的女流氓，可是在一个快要冻成傻子的冬天，四十个形影不离的男生是四十只营养不良的乌鸦，在凡·高的画中飞过，即使没有死亡，也带着不祥之气。这样的冬天，四十只乌鸦可能会爱上一个稻草人女孩。

稻草人女孩打着一把折叠小伞，顶着雪，从我们眼前经过。我觉得她是一"朵"女孩。

肖鸡说她就是自己的梦中情人。肖鸡穿着过于肥大的深灰色工作服，他大概只有一米五的身高，你给他一把鸡毛掸子，他能直接当拖把用。不知道他为什么要领一件大号的工作服，也许是贪图布料比较多？肖鸡的梦中情人，我们只当是一件大号的工作服。后来大屎跑过去，差不多钻到人家伞底下，把稻草人女孩吓了一跳，大屎撒了欢地跑回来报告，说那女孩美得一塌糊涂，我们学校的团支部书记跟她比起来简直就是一块辣鸡翅。

哈巴赵说，如果你觉得自己爱上了一个女孩，先摸摸自己的鸡巴，它要是没勃起，那就说明你可能是真的爱上她了。

第二次看见她，她从对面走来。每一个人都把手伸到自己裤子里，于是每一个人都说自己爱上了稻草人女孩。

她可能是科员，她这么无所事事地在厂里走，工作服干干净净的，戴着一副白色皮手套,全世界的商店里都找不到白色皮手套。四十个男生决定跟踪她,这次不会有人来做斥候了,四十个人只能一起行动,他们跟在稻草人女孩身后,她往前走,四十个人也往前走,她停下,四十个人假装抽烟,她去食堂,四十个人蹲在食堂门口。如你这一生有幸被四十个男孩尾行,但愿如此,等大家都死了以后,我们会变成四十个乌鸦停在你的墓碑上。

最后她走进了废品仓库,她是废品仓库的管理员。

有一天我跑进食堂,看见稻草人女孩在吃饭,她有一个小小的铝制饭盒,还有一个粉红色的茶缸,上面印着好看的葡萄图案。原来我吃过她的冬笋炖蹄髈。

没注意到她少了一根手指。

车间主任指着我们说,你们他妈的连个车床都不会玩,车出来的东西全他妈的是废品,当心把自己手指头车进去,跟废品仓库那妞一样。我们一起看着他,问,那女的手指头没了吗?车间主任说,她原先是个车工,手指头车掉了。

这不算什么,在轴承厂,一年能车下来一碗手指头。不管是美女还是丑女,手指头车下来了就都是一样的了。

这不算什么,稻草人女孩缺了一根手指头很寻常。

飞机头连电影票都买好了,本来想请她去看电影的,后来他把电影票给了我和屁精方。下班之前,飞机头又反悔了,说他还是想请那女孩去看电影。飞机头太他妈的纯情了,我很同情他,把电影票还给了他，但是屁精方，那个王八蛋把电影票弄丢了。飞机头捏着唯一的那张电影票，再后来的事情就没有人知道了。

装配厂在市郊，骑车得一个半小时才能到。我妈妈说，一个男人，每天骑自行车超过两个小时，就会得不孕症。我期盼着自己得不孕症，这样和女孩做爱的时候就不用担心怀孕了。我不知道去哪里找避孕物。

当然我也不知道去哪里找女孩。

瘟生带了一盒录像带，瘟生家里就是干这个的，出租录像带。我们在他爸爸的店里看过了至少一百部港片，至少二百部三级片，有时也能看到顶级的，但那不能在店里看，得去瘟生家里，得请他吃饭。四十个男生同时看毛片的场面，也有过那么一两次，我只记得秃鸟跑进了厕所里，把门反锁上，同时要求我们把音量开大，再开大。

瘟生带来的录像带，在冬天根本不起什么作用，我们已经冻成了四十个螺蛳，小便时都想蹲下来。瘟生很伤自尊，就说，这不是你们以前看过的，这本片子都是女的主演的。

喂喂这是什么意思，为什么会有两个女的主演的色情片，难道不需要男性吗。

瘟生说这种事情你们根本不懂。

录像带是一罐密封的扣肉，我们是想吃扣肉的四十个乌鸦。它黑沉沉地摆在我们眼前，想象力被限制住了。

下午，我们在厂区闲逛，看到一个通风口，像小坟墩一样藏在电焊车间后面的枯草丛中。通风口上的木制百叶窗已经被砸烂了，里面是一口深井，我们可以下去试试看，抓了小癞就往下扔。小癞说，求你们别他妈的扔，我自己下去还不行吗，有梯子的。

小癞到了下面，喊道，有个通道，不知道去哪里的，太黑了，什么都看不见。

剩下的那些人，在上面看不到小癞，只听见他的声音，觉得很好奇，胆大的陆续都下去了，中等胆量的也下去了。最后是胆小的，在电焊车间后面冻得一跳一跳的，也决定下去。四十个人不可能都站在深井里，最前面的由小癞带领着向通道里走去，后面的人跟上，打火机一个接一个亮了起来。

我们走进了一个地下舞厅。

每个厂都有舞厅，装配厂的舞厅是地下室，位于地上的入口就在传达室边上，总是锁着，还有一个看门老头守在旁边。听说一个月开放一次，仅供厂内职工使用。

大脸猫找到了电闸，往上一推，走廊里的小灯亮了，再打开各处开关，舞池里的大灯也亮了。我们不敢去碰激光灯，怕惊动了上面的人。舞厅里很暖和，很多人造革坐垫的椅子，很多热水瓶，杯子，正对舞池的地方放着一个硕大的电视机，搞不清几英寸的，后面的DJ台上有各类音控设备。

四十个人搬了四十把椅子，坐那儿抽烟。

排骨说，真他妈的想不明白，既然有这么舒服的人造革坐垫椅子，为什么那帮车间里的工人还非要坐铁椅子。

其实这个道理很清楚,人造革坐垫椅子是享受时候用的,铁椅子是工作时候用的,享受的时候你不应该坐铁椅子,工作的时候,你不应该坐人造革坐垫椅子。但是排骨这么一说,我也有点糊涂了,你坐了一个月的铁椅子,在车间里吃灰,听噪音,然后在某一个晚上钻到地下室来坐人造革坐垫椅子,吃茶,听音乐,跳舞。这样的生活,你很满足。

乌鸦们不能理解。

瘟生走到 DJ 台那里,捣鼓了一通,把书包里的录像带塞进了录像机里,把电视机打开。一阵稀里哗啦,女人和女人出现在屏幕上。瘟生对杨痿说,你不是说越大越震撼吗,给你们看个大的。

瘟生把音量调得极低,怕被上面的看门老头听见了。老头对这种声音都非常敏感的。这很麻烦,离近了我们只能看到画面的局部,离远了又什么都听不清。这是一堂非常特别的生理卫生课,我印象中这四十个男生从来没有这么安静过。因为安静,让人误以为是肃穆了。

看完之后,我们把电器都关了,让舞厅恢复原样,地上的烟头是没办法处理了,只能让它们留在那里。从黑漆漆的通道里出去,二鬼子一直在背后顶着我,那滋味非常难受,刚看过女人和女人的录像,我就要体会男人和男人的感受。二鬼子说他也没办法,出不了火,他那玩意儿就会一直顶着,等会儿出去了插在雪地里,看能不能软下去一点。

爬梯子时，二鬼子被硌了一下，痛不可耐，摔在一群人的脑袋上。

那天剩下的时间，四十个人全都叉着腿走路，把手抄在裤兜里，弯着腰，鬼鬼祟祟的，再也没有人喊冷了。

太监把肚子给吃坏了。

每天中午十一点，太监就偷偷溜到食堂里，拉开蒸饭的柜子，在里面找吃的，那个时间点上，饭菜都蒸得又香又烂，工人正饿着肚子在上班，食堂里没有人。

我们都不敢再偷吃东西，只有太监无所谓，他有馋嘴综合征，他一个小时不吃东西就会难受。相反，他看见女人就没有什么反应，他只在乎吃的。

我们都不知道太监每天去偷吃东西。他不是只吃一个饭盒，而是把所有的饭盒茶缸都打开了，像狗熊那样撒了欢地吃。这一天，他吃到了生平最难忘的一顿饭——有人在某一个饭盒里掺了泻药。

太监抹着嘴坐在食堂里，四十个乌鸦拼命吃东西，只有太监很满足地微笑着，每一天都是如此。这一天他笑着笑着忽然发出了打嗝一样的声音，眼睛也不眨了，眼珠子凸出，继而干呕。大飞在太监头上打了一下，让他不要发出这么恶心的声音。这一下把太监上下打通了，哗啦啦的声音从太监的屁股后面传了出来，太监非常害怕地问，发生了什么。

没人理他，我们还在吃饭。太监试图站起来，往厕所跑，但那泻药实在是太猛了，他一站起来，就像用皮老虎打通了一个堵塞的下水道，这下我们都吃不下去了。太监猛回头，望着我们，尖叫道，到底发生了什么。

最冷的就是那天，冷到甚至没有人愿意去厕所，随便找个地方将就了赶紧躲到房间里去。我们把太监抬进厕所，不断地有人在冰面上滑倒。太监继续尖叫，我不要去厕所，我要去医院。

这个建议是对的，因为太监脱水了。

天气预报说，这是本市一百年来最冷的冬天，气温降到零下九度。我妈说，要是天气预报说气温在零下十度，根据工厂里的规定，我们就可以不用上班了。

所以它就一直是零下九度。

有一天我们看见厂里的两个工人，从地下舞厅的通风口钻了出来，怀里抱着录像机和话筒，红鬼说要去抓贼，瘟生觉得他多管闲事。红鬼说，瘟生你他妈的真是个笨蛋，你的指纹都留在舞厅里了，要是放他们走，肯定得把你抓起来。瘟生一下子想通了，跑过去一脚把其中一个工人踹进了深井里，后来警车来了，抬走了一个血淋淋的人，顺便把瘟生也给铐走了。

我们说起瘟生，就会感叹，再也没有免费的录像可看了。这次是四十减二，瘟生享受着和猪大肠一样的待遇。

在冬天，四十个男生都变得很温和，甚至有点忧郁。他们为什么会忧郁，说也说不清，假如这是夏天，他们一定会是另一种样子。

已经没有一个工厂干部敢来支使我们了，我们砸坏了玻璃窗，撞烂了小推车，推倒了工棚，还差点杀了一个人。所有的人，包括我们自己，都在等待寒假来临。

其实我们很忧郁。

寒假快来的那天早上，我们没进厂，径直来到厂门口的豆浆摊上，清晨的马路上还是有很多上班的工人经过，动不动就有一辆自行车摔倒。四十个乌鸦安静地喝豆浆，吃早点，像看一场无聊电影一样看着别人跌倒爬起，最后一个到的人是贱男春，他骑着一辆罕见的山地车，把我们所有人的二八凤凰都比下去了。贱男春说，这车他妈的八百块一辆，拉风吧。他骑着车子，不停地在我们眼前打转。四宝看了一会儿，放下豆浆碗，走过去，把贱男春拽了下来，说，这车归我了。

两个人在雪地里打了起来。

后来我们所有人都扑了过去，按住贱男春，把他的脑袋埋在雪里。贱男春大哭起来。旺财骑着山地车，小白菜骑着二八凤凰，一直往南去。我们继续喝豆浆，听着贱男春在一边哭叫或者骂娘。过了半个小时，旺财骑着二八凤凰，带着小白菜回来了。小白菜说，那山地车还真他妈的挺值钱的，卖了四百块。可这四百块怎么花呢？

离厂不远的地方有个铁皮房子，那儿是个温州发屋，我们决定进去玩玩。我们对贱男春说，别他妈的哭啦，最多让你洗一次小头，我们洗大头。

贱男春说，妈的，那车最起码能卖五百块，早知道要卖，我把车证一起给你们了。

所以说贱男春还是很可爱的，他虽然有点贱，但因为这份可爱，而不至于死在我们手里。

用铁皮搭起来的温州发屋，在荒凉的马路上，这一带也没有居民，搞不清为什么要在这里做生意。我们推门进去，三个刚起床的姑娘吓了一跳，她们头发蓬乱，脸上还没化妆。

屋子里该有的东西一应俱全，有一个电热炉上正在热着稀饭，刀疤五刚走进去就碰翻了姑娘们的早饭，姑娘们说，不要紧不要紧，没关系的。我们说，这可不行，饿着肚子没法洗四十个头，让刀疤五给她们买油条去。

真的要洗四十个头？

当然。我们说。

那我们烧水去。姑娘们赞叹，一个烧水，还有两个开始化妆。

屋子里太小，最多只能容纳十个人，剩下那些就只能在门外等着了。好在我们也冻惯了，想着马上就要洗头，心里也就暖洋洋的。

这期间有一个中年男人骑车过来，想进去看看，我们拦住他，问他干吗的。中年男人很傲慢地说，我是来洗头的。我们说，洗头排队，后面待着去。中年男人有点不服，把头伸到屋子里喊，小丽。被我们一把揪出来，滚。

他回到停自行车的位置发现车没了,开始大叫,说有贼。我们说没看见贼,也没看见他是骑车来的。他想了想,大概觉得这是一场梦,摇摇头走了。

那车是黄胖扛走了,这下贱男春又有一辆车啦,虽然是旧车,总比没有的好。

我们在外面抽烟,听见昊逼在里面大叫,姑娘也尖叫。花裤子跑出来,兴奋地说,快去看,昊逼剃了一个莫西干头。

不是姑娘们动的手,是我们自己。三个姑娘看着镜子里的昊逼,哈哈大笑起来。昊逼说,你们他妈的每个人都给我剃个这样的头,要不然老子点火烧了这棚子。我们说,你这样很不好,人家洗头的姑娘又没惹你,剃就剃,谁怕谁。

轮到我坐在水槽边,温州姑娘很温柔地将洗发液倒在我的头上,她的手指伸到我的头发里,热水顺着我的头发往下流。她带着浓重的南方口音,我闭上眼睛,幻想她是我喜欢的女孩,她的手,在幻想与现实中都伸到了我的头发里,为我轻轻地揉搓,好像我的头颅上有一道巨大的伤痕。

我和三角铁、老土匪一起坐在了折叠椅上,三个姑娘同时开始摆弄我们的头发。后面站着一群莫西干头的少年,我将和他们一样,或永远和他们一样。

驮一个女孩去莫镇

驮一个女孩
去莫镇

她真是美极了,我从来没见过这么美的饭馆女招待,像一碗刚端上来的小馄饨那么清纯,像一束百合花那么干净。她看上去和我们差不多大,十七岁,或者十八。后来过了很多年,每当我想到她的时候都会心如刀割。

我们一共八个人,那天一起逃课,在大飞家里叉麻将,开了两桌,叉到夜里七点钟我们都饥肠辘辘。以前大飞的女朋友会给我们煮面条,但那次她和大飞分手了,我们吃她的面条吃腻了,觉得大飞也应该换换口味啦,于是就出来吃饭。当然,大飞还是很悲伤的,他是被踹的一方。

我们骑着自行车,去了街口的饭馆,吃饭的人稀稀拉拉的,大堂里一半灯开着,一半关着。我们偏要坐在暗处,让服务员打开头顶的灯,像舞台上的一束追光,照着我们八个。那天是花裤子赢得最多,当然由他点菜。花裤子手臂上戴着黑纱,他爷爷刚死,所以他能赢这么多钱。我们迷信这个。

花裤子点了炒鸡蛋,炒青菜,番茄汤,总之是一堆便宜的家常菜。点酒的时候我们产生了一点分歧,阔逼想喝啤酒,但黄毛认为冬天喝啤酒太伤身体,应该喝黄酒,而大飞心情一直很恶劣,他输了女朋友又输了钱,他想喝二锅头。于是我们争执起来。女招待说:"你们可以照自己喜欢的,每样先来一瓶。"

之前我们没注意到她,灯光尽照着我们了。我说:"你长得真漂亮。"阔逼放下手里的菜单,站起来看了看她,认真地说:"你像电影明星,而且是日本的。"

她往后退了半步,像一只没见过世面的兔子。

有两种美,一种是你忍不住要贴上去,啰里八嗦,神经错乱;另一种是觉得自己无话可说,手脚都不听使唤。前者像吵架,后者像打架。她一直站在饭桌旁,我们神魂颠倒,每一杯酒喝下去都能听见自己心里叮当作响。以前我也遇到过美丽的女招待,为了让她多跑几次,啤酒都是一瓶一瓶叫的,但她们都没有美到这种程度,我的筷子都掉在地上了。

只有大飞很不屑,大飞说你们都没见过女人是不是。现在大飞的心里被已经远走高飞的前女友塞满了,得过上一阵子才能为女招待腾出空间。大飞说:"花裤子,你今天手气太骚包了,晚上再叉麻将将你把黑纱拿下来。"花裤子说:"我书包里还有一个黑纱,你不服气就把它戴上。"

花裤子的爷爷死得很惨,他患上了一种叫做阴茎癌的病。我们都知道,癌症可以在全身任何一个器官发病,但长到阴茎上真是太可怕了。阔逼的妈妈是护士,阔逼说这主要是不讲卫生造成的,应该常洗,翻开来洗。小癞说翻开来怎么洗？阔逼说下次去农药厂洗澡我给你翻翻。

我们就高谈阔论着阴茎和癌症，那个女孩像没听见一样。我们以前讲这种话题的时候，总是能把技校里最严肃的女孩逗乐。

花裤子说，他爷爷死的时候只有八十多斤重，临死前很解脱地说，终于可以去见他奶奶了。

"生同衾，死同穴啊。"黄毛感叹说，"你们知道吗，那个字读qīn，不读niān。"

"黄秀才，黄秀才。"

葬哪儿了？

还能有哪儿，莫镇。就是那个有很多公墓的地方，非常远，在修路，全家坐着一辆破中巴车颠簸了一个小时，差点赶不上中午落葬。

大飞说："我提议为你爷爷干一杯。"

酒没了，女孩又端上来一瓶黄酒。后来她走开了，去收拾另一桌的碗盘筷盏。饭馆里乒乒乓乓的动静很大。不会就这么打烊了吧？看样子是。八点钟就打烊的饭馆真是没前途，服务员都无精打采的，好像也患上了癌症，只有她看上去光彩夺目，慢慢腾腾，像一个在施法的仙女。

我们开始谈论她。

真的很漂亮，带回去做女朋友一点不亏。

饭馆里的女招待哎，服务行业的。

去你的，你的女朋友也就是个硫酸厂倒三班的，脸色像棺材里爬出来的,你有什么资格看不起饭馆服务员?

她们都是外地人。

饭岛爱也是外地的。

她比饭岛爱好看多了,比王祖贤差点儿。

泡她?归谁?

我有小丽了,我要是去泡她,小丽会杀了我的。

我有小倩了,小倩也会杀了我的。

小倩会阉了你。

……

我们盘算了一下,八个人,四个有女朋友了,剩下四个之中,大飞刚失恋,完全没有心思再搞一个,除非你把王祖贤扔他眼前,花裤子的爷爷刚死,戴着黑臂章很不适合出去泡妞。那就只有我和老眯了。

大飞说你们俩抓阄吧。

我们掷啤酒瓶盖子,结果老眯赢了。我没多说什么,其实我一直暗恋着语文老师的女儿,虽然被女招待的美丽所震慑,但仅仅是此时此地,不能保证我明天还有这股热情。她这么美,看上去不是一天就能泡上手的。

我们七个人看着老眯,天哪,竟然是他。全班仅有的三个近视眼之一,还带散光;上嘴唇留着经年不剃的黑色绒毛,好像是要用它来生利息;青春痘发炎;眼镜永远滑落在鼻翼上;团员,我们带他逃课打麻将仅仅是因为他的政治面貌可以替我们挡灾。不过我们还是很仗义的,我们说老眯你去和她搭讪吧,要不要我们假装流氓,然后被你揍趴下,演一出英雄救美的老戏码?

这行不通的,你不能在饭馆里直接把她泡走,你得等她下班。

老眯很犹豫,他上一次追求女孩是高年级的一个姑娘,长得不是很好看但只约会了一次就花光了他所有的钱,为此他有了心理障碍。你这辈子可以爱很多不同的女孩,好看的不好看的,聪明的不聪明的,有钱的没有钱的,但你总要冒险一次,找最难上手的那种,哪怕是司令员的女儿呢?

老眯决定豁出去一次。只有大飞在冷笑,大飞一向是看不起老眯的,大飞认为这种傻瓜怎么可能得手?

就当玩玩嘛,反正也就是个服务员。老眯安慰自己。

夜里九点,外面很冷,我们本来是上馆子吃饭然后就回去叉麻将的,现在却要站在风口里。为了老眯有点不值得,很不值得,也许纯粹是想看看,她能不能泡上手吧。风吹得我们瑟瑟发抖,老眯掏出烟,打火机那微弱的火苗始终被风扑灭。后来大飞点上了,我们一个个凑过去借火。有两个醉汉从旁边的酒楼里出来,一个弯腰呕吐,另一个推过来一辆摩托车,头盔也不戴,载着呕吐的家伙绝尘而去。

"等到毕业了,我就去买摩托车。"黄毛说。

"像你的女人那样大手大脚花钱,你这辈子能保住自行车都不错了。"阔逼嘲笑他,"你他妈的干吗偏要找个宾馆里上班的?我都怀疑她不止你一个男人,她的化妆品都是你买的,可是衣服呢?鞋子呢?

首饰呢？"

黄毛说："闭嘴。"

"你到底得手了没有？不然你亏大了。"

"我不像你那样喜欢闻硫酸厂的味道，好闻死了，天天闻着觉得特别有安全感。"

"操。"

阔逼生气了，他是听不得别人嘲笑那个硫酸厂的小丽的，那简直就是他身上的死穴，同时也是我们的笑穴。他扔下烟头说："你们一群白痴在这里候着吧，我先走了。"

大飞问："麻将怎么办？"

阔逼说："没看见我在发飙吗？又你个头。"他去暗处推出了自行车，很快就消失在了路灯照不到的地方。

这个笨蛋经常赌气走掉，好像女人一样。有他没他，对我们来说都无所谓，过几天他自己会买了香烟来赔罪。

女孩出来了。她穿着一件白色的滑雪衫，罩住膝盖，还戴了一顶红色的绒线帽。帽子真好看，像个红萝卜，在她的额头勾勒出一道弧线。

我们六个拦住她，老眯缩在后面。黄毛说："小姑娘，我们不是坏人，大家认识一下吧。我叫张军，绰号叫黄毛。"大飞说："我就是混这条街的大飞。"小癫说："我叫赖宁，就是赖宁的赖宁，我绰号就不说了。"我说："我叫路小路。"花裤子说："哼。"

这次她没有往后退，也没有喊救命。她很认真地看着我们，低头思索了一下，大概是盘算着怎么跟我们说话。黄毛说："没事的，大家认识一下，你在这里上班，我们也在这附近玩。以后可以来找你玩吗？没事的，我们都是化工技校的89级机械维修班的，有名有姓，你可以去查的。"女孩说："今天晚上不行，我要回家，我妈生病了。"

没事的没事的，我们可以送你回家，一群人送你太扎眼了，让老眯来送吧，老眯你过来，你躲后面干吗？你看，他戴眼镜的，最老实了，而且是团支部书记。老眯你把衣服拉开给她看看团徽。

她好像很吃惊："你真的要送我吗？"

老眯说我送的。

她说："那就太谢谢你们了。"

真太容易上手了，不过也别高兴得太早，曾经有一次我们也这么干，结果那女孩把送她的小癞直接骗到了联防队。

"你住在哪儿？"

"莫镇。"

我们一下子都晕了菜。天哪，莫镇。那个遥远的埋葬死人的小镇，照花裤子的说法，还在修路，那种公路上不会有一盏路灯。天哪，假如我们是流氓那该多好，可是这么冷的天就算流氓也未必愿意去莫镇做坏事……

"得有三十公里远吧？"老眯犹豫地说。

"二十七公里。"花裤子说，又转头问女孩，"你是骑车呢还是坐汽车？"

"这么晚,没有汽车了,我只能骑自行车。我妈妈生病了。"女孩说,"我平时住在城里的,但是今天我必须回莫镇。"

我们撤到一边安慰老眯。

你骑得稍微快一点,两个小时就能到了。公路不算难走,修路的那段并不长,而且就在镇口了。你看这是多么难得的机会,如果你陪着一个女孩在寒冬的深夜骑了二十七公里的自行车,她就是你的了,至少这辈子都不会忘记你。你他妈的看看自己这副屌样,除了你老妈之外,还有哪个女人会记得住你?这是你终生难得的机会,荣耀属于化工技校也属于共青团,阔逼要是没走的话,他肯定会和你抢的。

老眯伸出脖子越过我们的肩膀对她说:"没问题,我送你!"

女孩说:"我的自行车被人偷了!"

车就停在店门口,现在不见了。她都快哭了。我正想说,大飞家里还有一辆女式车,可以借给她,但老眯忽然像吃了药似的说:"没问题,我驮你去莫镇。"

这当然更好,如果你驮一个女孩在寒冬的深夜走了二十七公里,穿过无人的荒野,在两侧山丘上隐隐的墓碑,月光之下白花花的……这种体验会不会像我在电视上看到的铁人三项赛?不管你有没有获得奖杯,她将对你终生难忘。我甚至有点妒忌老眯,二十七公里对我来说不是一个清晰的概念,我只知道她很美,如果可能的话,我愿意驮她走二百七十公里甚至更远,但谁让我输给那个啤酒瓶盖子了呢?

现在他们打算出发了,老眯的自行车太破了,我把我的阿米尼变速山地车借给了他。女孩坐在山地车后面，老眯一只脚撑在人行道上，一只脚用力踩脚踏板。我说："调到三挡啦笨蛋。"他们歪歪扭扭地向前，女孩搂住了老眯的腰。真是温柔无敌，我估计老眯的骨头都酥了。

"这个笨蛋能行吗？"大飞说。

"这个笨蛋看来是交桃花运了。"黄毛说，"大飞，你会后悔的。你下个礼拜就会忘记前面的女人，那时候只能看着这个笨蛋高兴。"

大飞说："我现在已经有点后悔了，不过我并不想泡一个莫镇的姑娘，一点也不想。"

是的，在我们那儿有一种说法，莫镇的姑娘（也包括小伙子，也包括其他人）都不太干净，一个被坟地环绕的小镇，人们只有死了才会去那里。你能想象一个毛脚女婿上门，拎着香烟老酒穿过墓地拜访丈人丈母娘？或者是结婚时，西装革履穿过墓地去接新娘子？总之是有点惊悚。我们很迷信的。

"万一老眯死在路上呢？"我说。

花裤子说："没那么惨的，路上有很多人家，还有派出所。他可以喊救命，掏出他的团徽。只要他能挺下来，泡上那姑娘的可能性很大的。其实莫镇的姑娘也很不错的，何况又长得那么漂亮呢。"

事情总是这样，你也说不清到底是亏了还是挣了。

两桌麻将没法打了，只剩六个人。花裤子说他要回家，我也打算走，于是在饭馆门口告别。我心里有点郁闷，我和老眯是一个方向，骑着他的破自行车很快就能赶上他，但我不打算赶上他。我说了我有点妒忌，我不想看着她揽住老眯的腰，而他们骑的还是我的自行车。人都走光之后，我在饭馆门口又抽了根烟，感觉他们都走远了，这才骑车回家。

我家在城外，我是在城外的桥上看见老眯骑着山地车逆向而来。我说："你怎么回事？姑娘呢？"老眯叹了口气说："我后来想想，莫镇的女人太不吉利了。"我说："不吉利你也得送她回家啊。"老眯说："不吉利我就不打算泡她了，我没觉得她有多好看。都是被你们这帮畜生抬上去的，你们他妈的就想看我出洋相。"

就算再笨的人，被捉弄得久了也会聪明起来，看来老眯是变聪明了。不过你仍然是个笨蛋。

我问："人呢？"

老眯说："在桥堍下面，我让她自己找辆出租车，她同意了。"

"你这个畜生。"我说，"这三更半夜的哪个出租车肯去莫镇？"

我把他从山地车上揪下来，我骑着自己的车子在桥堍下面的电线杆旁边找到了她。她捂着双颊，嘴里呵出白气，站在原地跳啊跳的，好像并没有遭受到难堪和羞辱。我快速地骑到她面前，捏闸，山地车发出嘎的一声脆响，这很酷。我说："再介绍一下，我叫路小路，刚才那个傻瓜你可以忘记他了。我驮你去莫镇。"

她说："谢谢你。"

我把脖子上的围巾摘下来，给她戴上。我知道接下来我会很热而她会很冷。我说："但你要答应我一个条件，到莫镇之后，你得让我睡在你家里。我可不想半夜三点钟再从莫镇一个人骑回城里，不是那种憨卵。"

她高兴地说:"没问题,我家里很大很大,有一幢小楼房!"

那么,让我们出发吧。

一九九〇年的圣诞夜

一九九〇年的圣诞夜

闷闷当时是纺织中专的学生，纺织中专我们都知道，那儿百分之八十是女孩子，同一个校区里还有纺工职校，那就是百分之百的女孩子了。这和我们化工技校恰恰相反，我们全是男的。有一句话叫做"男怕做化工，女怕做纺工"，所以我们和纺织中专同病相怜着，尽管她们并不太爱我们。

闷闷是大飞的朋友，他们是怎么认识的？好像是跳舞。大飞是舞男。但如果说闷闷是舞女，她会杀了我，她只是喜欢跳舞。她一直很忧伤，毕业以后就要去纺织厂，以她的社会关系很难立足于科室，她将会在无数轰鸣的机器中间倒三班，然后变成一个大嗓门。幸运的是，闷闷本来就是个大嗓门。圣诞节之前的某一天，她站在化工技校门口喊一嗓子：大飞，你给我滚出来！本校六个班级所有绰号叫大飞的都跑了出来，一共八个。他们对了一下，发现闷闷喊的是我们班的大飞，于是一个大飞留下，另外那七个大飞乖乖地回去了。

闷闷说："你们学校怎么会有这么多大飞？"

大飞说："我也不知道，我最先叫大飞的。

他妈的,名字里有飞的男人真是太多了。"

闷闷说:"我们学校就没有叫飞的男人。"

大飞说:"你们学校连老鼠都是母的。"

闷闷说:"你是个骗子,我是因为你叫大飞才喜欢上你的,搞了半天有那么多男人叫大飞。"

大飞说:"你对男人太不了解了。"

闷闷说:"我有点不喜欢你了。"

这让大飞感到很惶恐。因为闷闷,她长得很美,有一双大眼睛和随时随地都会嘟起来的嘟嘟嘴。在那一年里,她是唯一愿意和大飞发生一点关系的女孩子——应该说,适龄的女孩子。大飞站在校门口左顾右盼,一会儿摸摸口袋,一会儿抓抓脑袋,然后他告诉闷闷:"你等我一会儿,我去拿钱,请你喝热巧克力。"正好我从外面回来,大飞揪住我说:"你上次欠我的五块钱还给我。"我和大飞之间没有任何经济上的瓜葛,叉麻将我也从来没输给过他,觉得莫名其妙,但是看见闷闷我就明白了。我从裤兜里掏出了仅有的一张十块,大飞这个混蛋全部拿走了。这样,我也要求喝一杯热巧克力,大飞就带着我一起去了。

我们三个,摸着滚烫的塑料杯子,坐在热饮店里说话。我们带很多女孩子来这里喝饮料,夏天是冰果汁,冬天是热巧克力,所有的饮料都是甜甜的,味道不错,价钱也很公道。但要是你天天喝,或者你打算带一群女孩子来喝,就会破产。

闷闷说事情是这样的，明天就是圣诞节了。我纠正说明天是圣诞夜，大飞哈哈大笑起来，闷闷是个经常会记错日子的女孩。闷闷瞪了我一眼继续说，她们纺织中专搞了一场舞会，闷闷是她们年级跳舞最好的女生，她会跳快三慢四吉特巴，是著名的跳舞皇后，简称舞后，但是她找不到男性的舞伴。纺织中专仅有的几个男生都已经被学生会的女干部瓜分掉了，而闷闷这种注定要去车间里倒三班的，她只能到外校来找个舞伴。大飞是在这一年里她唯一能找到的、会跳舞的适龄男性。

关于跳舞界的事情我很不熟悉，我迷恋于电子游戏和麻将牌，如果有个女孩肯陪我跳舞，我一定会认真学习所有的舞蹈，可惜没有。

大飞谦虚了一下，他在这种时候常常会跳线，他说化工中专的李晓跳舞也不错的，可以去找李晓。闷闷说李晓太老气了，才十八岁就胡子拉碴，而且有抬头纹，被纺织中专的老师看见了肯定以为她找了个社会青年进来，其结果就是被赶出去。

我说："大飞，你不要自卑嘛，你很玩得转的。老女人你都玩的。"大飞在桌子底下踢了我一脚。闷闷生气地说："大飞，你到底想不想来？"大飞说："来的，来的。"闷闷说："那你提什么李晓啊？你这个蠢货。"我插嘴说："李晓跟财经中专的女生谈恋爱了，他才不会去纺织中专过圣诞节。"闷闷就仇恨地看了我一眼。这是我的失策，本来闷闷也想把我拉去的，虽然我不大会跳舞但我会唱唱卡拉OK。我一句话就把闷闷得罪了，她不提这件事，我只能在家里和我爸爸一起过圣诞夜了。

闷闷临走前拍拍大飞的肩膀，说："明天晚上六点半，你要是不来我就杀了你。"又指着我说："路小路，你他妈的就去财经中专过圣诞吧。"又指着热巧克力对服务员说："难喝死了，巧克力还是中药啊？"然后她就跳上自行车消失了。

我和大飞继续喝着热巧克力，被闷闷一说，我也觉得这家店里的热巧克力像中药一样难喝。以前我太麻木了，我需要有一个女孩来提醒我，什么东西好喝，什么东西难喝。我对大飞说："你应该带闷闷去吃冰激凌。"大飞说闷闷脾气不太好，她主要的问题是例假不正常，冬天吃冰激凌会让她更不正常，他可不想冒这个险。我说："她连这个都告诉你啊。可是你为什么要喜欢一个例假不正常的女孩呢？"大飞喝干了热巧克力，舔了舔嘴巴问我："你他妈的在喜欢上一个姑娘的瞬间，难道会冲上去先问她，例假是不是正常？"

我觉得很无聊，是的，我即将度过一个无聊的圣诞节。去年圣诞，化工技校也组织过活动，卡拉 OK 什么的，我才唱了半首歌就被人踹了下来，后来为了抢那两个麦克风，一群人在学校里打架，积怨之深令人发指，直到今年圣诞他们还在断断续续地打着。学校再也不会组织任何集体活动了。

大飞的情况是这样的，他从生下来就会跳舞，活了多久，他就跳了多久。他本来应该去文工团之类的地方，但是很可惜，他成长为一个手短脚短的矮壮少年,看上去更像是个钳工——上帝让他天天过圣诞,却没有给过他一份礼物。目前大飞混迹于春光舞厅,男人多的时候他做保安,女人多的时候他做舞男,跳一种非常轻薄的交谊舞。每个月,他都能从舞厅里挣到一百块钱,其中六十块交给他那个爱赌博的老娘,做伙食费,剩下四十块他自己零花。放寒暑假的时候他工作量加倍,因为要交学杂费。

我和大飞是世界上最知心的酒肉朋友,那时候我也曾经想去舞厅里挣钱,但是大飞不乐意带我去。他说我只想挣钱,但并不爱跳舞,所以我会厌倦。是的,我只想挣钱,如果我能挣到一百块,再加上每个月从我爸爸那儿骗一百块,我就有两百块了,可以成为化工技校的大款,可以请财经中专的女孩出去玩,但是与此同时我又得把自己交给春光舞厅,成为一个下流的舞男或者保安。上帝会给我圣诞礼物,却没有圣诞节,事情真是太矛盾了。

我当然不可能去财经中专,那儿的女孩子毕业出来百分之百是做会计的,比我高了好几个档次。这还不如去重点中学泡妞呢,因为重点中学的女孩子有时候会落榜,成为高中毕业生,如果找不到工作那就比我还不如了。

第二天我在学校上完课,天气很糟糕,起初阴沉着,后来下起了冰雨。大飞早早地消失了,我一个人往家里赶,街道没什么不同的,完全不像国庆节或者春节那样有各种彩带和灯笼,有欢度什么什么的标语。一个灰蒙蒙冷冰冰的圣诞夜。人们为何会喜欢在这么糟糕的天气里过这么多重要的节日？圣诞，元旦，春节，还有刚刚为人们所知的情人节。

我顺路去服装店里转了一圈，看了看最新款的衣服。有一件牛仔衫真是太适合我了，它是水磨的，带一个白色的翻毛领子，背后绣着一个纹章。我摸了摸它，老阿姨营业员怂恿我试一下，我同意了，真的很拉风。营业员说这件衣服四百块，我脱下来想溜，并骂了她一句，这下捅了马蜂窝，她不放我走，又来了两个男的把我的书包扣下了。我坐在店门口和他们谈了半天的价钱，从四百块谈到了一百八十块，但是我骂了营业员一句，为这脏话我必须付出二十块的代价，于是两百块成交，我回家去拿钱，他们坐在店里等到打烊时我要是还不来就把书包扔到河里去。

等我拿到牛仔衫和书包的时候觉得很悲伤，我好像是被人敲诈了。就算我再喜欢它，也不愿意在一种挨了揍的情况下买下它。两百块是我从家里偷出来的，虽然我妈不会为此责备我，但我不想为了这种破事去偷她的钱。冰雨一直在下，我骑着自行车在街上遛，雨披上的冰碴越积越多。后来我在春光舞厅门口遇见了大飞。

他穿着一件很单的毛衣，袖口都破了，手里捏着一包没拆封的红塔山。我捋下雨披上的帽子，问他："你没去纺织中专吗？"

大飞很沮丧地告诉我："我脱不了身了，今天晚上春光舞厅也在开圣诞舞会，我本来想搞到六点钟就去找闷闷的，现在老板不让我走。"

我说:"你一走了之不就可以了吗?"

大飞说:"我要是走了,以后就没工作了,我他妈的只有这一份工作养家糊口。"

我说:"闷闷怎么办?她会杀了你的。"

大飞说:"你替我先去顶一会儿?"

我说:"你们老板根本不认识我,我怎么替你去顶缸?"

大飞说:"我没让你替我顶这边,我让你去陪闷闷,你最起码会跳慢四,我教过你的。你只要陪她过了这一关,到八点钟的时候我要是能出来,就过来换你。以后她杀不杀我,都是我自己的事情了。"他把手里的烟拆了,抽出一根塞进自己嘴里,剩下的全都给了我。

我同情地看了他一眼,可怜的大飞,他是如此负责,他这辈子都不会有一秒钟是想做甩手掌柜的。我离开的时候他一直站在冰雨里抽烟,瑟瑟发抖,左顾右盼,后来春光舞厅的老板出来拍了他一头皮,他就叼着香烟回去了。

大飞曾经告诉过我,闷闷是个很可怜的女孩子,虽然她看起来那么泼辣,那么能搞,但在学校里她一直受到排挤。去年她因为骂老师挨了个处分,今年她又被几个外校的女生在纺织中专的操场上揍了一顿,丢尽了脸。她只想快点离开那个学校,然后到纺织厂去倒三班。那一年我听到的就是这种破事,所有人都想离开所有的地方,不管下一站是什么。

我呢，饿着肚子，穿过四条街，来到了纺织中专。天已经全黑了，我停好了自行车，把雨披上的冰碴抖掉，塞进书包里，这样我就不用拎着一堆乱七八糟的东西去找闷闷。后来我把牛仔衫也穿在身上，把棉衣脱下来拷在书包带子上。我走进教学楼，里面热闹极了，灯全都亮着，四处挂着彩带，比较可惜的是没有圣诞树。那是一九九一年，哪儿都找不到圣诞树。

一楼的某间教室里传来卡拉OK的声音，我跑进去问："闷闷呢？"里面有很多女孩子，但没人搭理我。我又大声问了一次，有个女孩用麦克风回答我："闷闷在楼上跳舞，四楼。"我正想走，那个女孩又用麦克风对我说：

"路小路跟我唱个歌吧。"

我不认识她，不知道自己怎么会在她的记忆中留下了大名，但她长得很漂亮，是那种姐姐型的姑娘，每当她们出现，我就像被棍子打了头。我甚至都来不及问她的名字，就拿着麦克风和她一起唱起了《是否》，"是否这次我将真的离开你"，我唱得动情极了，好像我真的要离开她。我他妈的确实真的就要离开她，去楼上找闷闷，但我唱得太投入。唱完了，她很高兴，让我坐下来一起吃点零食。我饿了，差不多吃了她半袋零食，又喝了她的水，我说："你是怎么认识我的？"

"去年我在化工技校看你们过圣诞，我看见你唱歌的，你唱得很好。"

"后来打起来了。"我说。

"是啊，打起来了。"她说。

"我们学校就是个打架学校。"我说。

"是啊，打架学校。"她说，"我们学校只是偶尔打架，女生和女生打。"

"那一定很好看。"我说。

"是啊，很好看。"她说。

我们又唱了两首歌。我说过，我很能唱卡拉OK，我的业余爱好就是在家里扒着一台录音机，学唱各种各样的流行歌曲。我每个星期听金曲排行榜，学所有的歌，然后等待着为数不多的机会唱一次卡拉OK。我觉得时间并不太久，在这些并不太久的时间里我好像什么都没做，又好像什么都没说。屋子里全是女孩，她们轮番唱歌，她们独唱，她们对唱，她们合唱。圣诞节的气氛渐渐来了，我甚至壮着胆子在屋里抽了根烟，也没人管我。我问那个姐姐："你叫什么名字？"

她怏怏地说："我叫司马玲。"

这个名字太具有杀伤力了，我立刻想了起来，她是化工技校高年级一个学霸的马子，他为了她不止一次把人脑袋打开了。鬼知道她为什么会独自坐在这里，和我一起唱着歌过圣诞。

我问她："现在几点了？"

"快八点。"

我扔下她就往楼上跑，并回头大喊："别告诉你凯子，我会死得很惨哒！"我像发疯的袋鼠一样直窜上楼，在曼妙的华尔兹的音乐中跑进那个跳舞的教室，里面舞影翩跹，黑板上用粉笔画着一棵巨大的圣诞树，贴着亮晶晶的玻璃纸。我在那棵粉笔树下看到了闷闷。

她显然是哭过了，脸肿了一圈，泪水风干，双眼迷离，正百无聊赖地坐在那里玩弄着一个小挂件。她穿得很好看，粉红色的羽绒服，锃亮的漆皮皮鞋，还有一个带绒毛的头饰。这是她精心准备的一个夜晚，显然很失望，大飞并没有来。

她看到我出现在门口时立刻迎了出来，低声问我："大飞呢？"

"他来不了啦，也许过一会儿来。"我说。

"操他妈的大飞。"闷闷说，"我的脸都丢光了。"

"是这样的——他这会儿还在春光舞厅，要是他出来了，可能会丢工作。你知道他情况很不乐观，他就靠这份工作维持着。"

"不用解释了。"闷闷说。

"他让我来顶缸。"我说，"我也会跳慢四的。"

"你来有屁用，"闷闷压低了声音恶狠狠地说，"我已经放出话去了，人人都知道我今天的舞搭子是大飞，而不是你。"

我说："随便你，你要是不乐意，我就回家了。我明天说不定就会被人砍死呢。"

闷闷打量了我一下，其实我比大飞帅多了，我以前显得很衰是因为我没有穿上牛仔衫，仅此而已。在我被人砍死之前，我的气质是很不一样的。闷闷忽然说："管他呢，反正也没几个人认识大飞，反正世界上有那么多大飞。"她揪住我的牛仔衫衣领，把我拉进教室。华尔兹

的音乐停了,很多女孩还有她们的男性舞伴都转过头来看着我。闷闷的嗓门几乎把我的耳朵都震聋了:

"大飞,你下次要是再敢迟到,我就杀了你。"

你是魔女

你是魔女

那年头女孩子也都在头发上下功夫,烫成大波浪,小卷卷,梳个马尾巴,剪个游泳头,诸如此类,但是没有人染发,染发是后来的事情。等到染发流行的时候她们大概都已经长大了。

可是就有一个女孩,她天生长着一绺白头发,后来所谓的挑染。那会儿我们才不知道什么是挑染。她是第八中学的学生,第八中学就在我们化工技校不远处,每天早上她和我们一起汇集在自行车车流中,你能看到她的白头发从右侧鬓角上方一直垂挂到肩头,很奇特。为了能够看到她的脸,我们会提前坐在街边的早点摊上喝豆浆,然后等着她来。

她美丽而沉默。我们当时喜欢辣女孩,我们看了太多的香港录像片,胡慧中、李赛凤、大岛由加利,总之就是《霸王花》那个套路的,被她们揍是件多开心的事,你恨不得身上吊着钢丝与地面平行地飞出去。经常和我们玩在一起的闹闹也是个辣女,她心情好的时候允许我们摸她的屁股,心情不好就踢我们的屁股,这很方便于沟通。我们看见那个白头发的女孩就会失去一切办法,因为她压根就不理我们。

豆浆有两种，咸的和甜的。甜的只需要放糖；咸的需要放上麻油、酱油、紫菜、开洋（腌制晒干后的虾仁干）、榨菜末和油条末，几乎是大餐。飞机头说，坏女孩就像咸豆浆，好女孩就像甜豆浆，口味不同，但她们都是豆浆。飞机头问："那么淡的豆浆呢？"

"那是你妈。"花裤子说。

喝豆浆的时候经常谈起这种鬼话，它们让早晨变得愉快，让枯燥无味的技校时光变得有点润滑了。接下来的一天我们会谈谈姑娘，谈谈钱，谈谈意甲联赛的"荷兰三剑客"。

是飞机头首先发现了她，可是大脸猫否定了他的说法，大脸猫说他先看见的。飞机头是我们这伙的，属于人间正义力量的一部分，大脸猫那伙则是反派。我们经常像变形金刚一样打来打去，打得和平世界稀巴烂。根据飞机头的说法，有一天他坐在豆浆摊上，那女孩翩翩地过来，停了自行车，要了一碗甜豆浆。飞机头的嘴里塞满了咸豆浆的各色配料，他对着女孩挤眉弄眼，她根本没搭理他，喝完豆浆跳上自行车就走了。飞机头很纯情的，想跟着她走，但是碗里的咸豆浆不是那么容易喝完的。在她离开的一刹那，飞机头发现她脑袋边上的白发一闪，世界就此照亮。

大脸猫的说法和这个差不多，有一天他去豆浆摊，刚走进去就看见她撂下一个空碗，背起书包去推自行车。大脸猫说自己被她震住了，由于人太多，在擦身而过的一瞬间她的白头发几乎掠过了大脸猫的下巴。看到她翩翩地离去，大脸猫推了自行车想跟上去，发现轮胎瘪了。

大脸猫强调,这件事发生在飞机头之前,他比飞机头更早地遇见那个女孩。

不管哪种说法是真的,他们都没追上她,也没能和她搭上话。

现在她从我们眼前经过了,现在我们都坐在豆浆摊上但是我们像要饭的,十几个人围着两碗咸豆浆。老板都快哭了。她骑着自行车在密集的人群里一闪而过,那是一个女高中生急着要去上早自修的身影,相比之下,我们这伙技校生显得放浪形骸、无所事事,我们既不需要考大学也不需要找工作,毕业以后直接送进化工厂——因为这么容易,所以这所狗屁学校别说早自修,连早操都没有,国旗都不升,实在是自甘堕落。

大飞说:"追。"

我们一起跳上自行车,像夜幕下的蝙蝠呼啦一下涌上马路。这是一条混合道,两边全是店铺,七十年代的时候它显得很宽敞,到了九十年代初就有点扛不住气势汹汹的人群了,上下班的时候几乎就是一场大派对,自行车占据着所有的空间,包括人行道在内,到处都是车铃声,到处都是车辘轳在滚动。没有一辆汽车敢在这个时候开过这条街,除了公共汽车和大粪车。

我们一下子涌上马路,马路堵住了,有人大声抱怨。那些人必须在一大清早赶到单位里坐在那儿看报纸喝茶,否则就会扣掉奖金,那些人根本不在我们眼里。我们追着一绺白发,像吃多了鳖精的傻瓜一样疯狂地穿过他们,然后听见后面的花裤子发出一声惨叫。

花裤子最讨厌追女孩,他仅仅是为了赶上我们,不料撞了一个五大三粗的中年人,那个人摔进了马路边晾晒的一排马桶之中,然后他跳起来揪住了花裤子给了他一个耳光。于是我们停下车子,回过头去揍他。趁着这个乱劲,女孩消失了。

我们这个圈子里最受追捧的女孩叫闹闹,她头发乌黑,明艳动人,芳香四溢,每次看到她我都会想起一串葡萄,夏天从别人家院子里生长出来,越过院墙挂在一群野孩子面前,谁能挡得住这种诱惑呢?

她没有和我们之中的任何一个谈恋爱,她是众多马路少女中最慈悲的一个,有一天她在电影院门口独自玩游戏机,我们上去搭讪,她就跟我们好在一起了。她比我们更放浪形骸,我们还得勉强应付着念个技校,她根本就辍学了,天天在外面玩。她就是飞机头所谓的咸豆浆。

闹闹说:"什么白头发啊?白头发你们都喜欢?"

飞机头说:"白得很不一样,就那么一绺,比白发魔女还好看。"

大脸猫说:"我先看见的。"

闹闹说:"你们俩别争了。谁能把她追到手,谁就是正主。"

飞机头说:"我车技好,我肯定先追到她。"

闹闹说:"你是不是吃错药了,听不懂我说话?我说的'追'是追求的意思,不是骑着车子追。当然,也没错,你他妈的首先要骑着车子追上她。"

昊逼激动地说:"我如果追上了也算一份吧?"

闹闹看了看少白头的昊逼,每当他骑车的时候那一头凌乱的花白头发就会飘扬起来,令人毛骨悚然。闹闹说:"我觉得你追不上她,你别以为自己是个少白头,就得找个少白头的姑娘来和你配对。这挺没意思的。"

昊逼讪讪地说他其实喜欢金发女郎。

等他们都走了以后,闹闹让我送她回家。我对闹闹说:"他们根本追不上那姑娘的,八中是个好学校,好学校的姑娘不会和我们化工技校的发生关系。"

闹闹说:"你刚才说什么?发生关系?"

我说:"你别乱想,我说的发生关系就像我和你现在这样。就算这么一点关系,他们也发生不了。他们什么都玩不成的,只会把事情搞砸。"

闹闹说:"你们这群人里,就数你和花裤子最高傲。"

我点点头表示认可。有那么一阵子,这个完全没读过什么书、嘴凶手狠的姑娘就是我的红颜知己,她会使用"高傲""温柔""忧郁""内向"这种很书面的词汇,高傲的是我和花裤子,温柔的是飞机头,忧郁的是大飞,内向的是大脸猫。当然还有纯粹傻瓜的昊逼和猪大肠等人。

闹闹说:"真奇怪,为什么你们会喜欢一个白头发的姑娘,真的很别致吗?"

我说我不知道,其实我根本没看到她的模样,接下来的日子我打算追上去看看,到底有多好看。闹闹有点失落,不过她很快又高兴起来,说:"告诉你一个秘密,我现在有男朋友了,他是一个开桌球房的老板。

以后我可能就不和你们一起玩了,你们就尽情地去追白头发吧。"

这下是我感到失落了。其实我喜欢闹闹,如果她愿意和我谈恋爱,我可以忘记白发的姑娘,可惜闹闹另有所爱了。有那么一阵子,我甚至以为自己会为了闹闹而坚贞一辈子。

然后,追逐开始了。

第一个追她的人既不是大脸猫也不是飞机头,而是小癞。那天他运气好,还没来到豆浆摊,就看见白发女孩嗖地从他身边超车而过。小癞觉得很诧异,他狂踩脚踏板试图跟上她,可是他很瘦小,他是我们班唯一骑女式自行车的人,他那车子在我们之中就像一群战马里面夹了头驴子。经过豆浆摊的时候,他对着花裤子招呼了一声:"她就在前面!"

花裤子皱着眉头问:"谁啊?"

"白头发的。"

"傻逼。"花裤子继续喝豆浆。

"我得看清点,我还没看到她的白头发呢。"小癞说完又追了上去。

结果他在有序而密集的车流中变成了一根搅屎棍,先是蹭了一个人的车龙头,接着失去了平衡,一头撞到棵树上。花裤子远远地看着他摔了,就摇头对老板说:"他的绰号叫小癞,是我们化工技校最没出息的一个。"老板说:"他为什么要看白头发?"花裤子说:"他们全都疯了。"

小癞带着脸上的瘀青到学校，我们都笑翻了。那几天学校里在开展精神文明学榜样活动，首先是不许抽烟，其次是让我们把衣服都归置归置，穿牛仔裤的请脱剩短裤绕着教学楼跑步，再次是对发型和胡子的深入调查——那年我们都十七八岁，上嘴唇基本上都长出了绒毛，这很不雅，老师要求我们把绒毛刮掉，这样就变成胡子了，就可以按照胡子的管理办法来统一思想，很简单，谁他妈的都不许留胡子。我最倒霉，用了我爸爸的剃须刀片把自己嘴巴周围弄得全是血杠，我爸爸那剃须刀比菜刀还可怕。我们被这些规矩搞得头昏脑涨的，然后看到小癞就想起那个白头发的女孩了。

第二天早晨，我们全都暴露出干净、俊朗，像冷冻柜台的鸡屁股一样的下巴，坐在豆浆摊上看女人。

她再次出现，这次我们没犹豫，扔下手里的碗，全都扑了上去。我追在第一个，我他妈穿梭在一片自行车的巨流中，觉得她离我越来越远。这太诡异了，我骑的是二八凤凰，可以在公路上和卡车比速度，但我竟然追不上一个念高中的女生。所有的行人都在挡我的路，所有的人都像是技校里的老师一样跟我过不去，我使出浑身解数，忽然看见大脸猫的车子超过了我。

我大叫："大脸猫，加油！"

大脸猫说："去你的傻逼，你只配像条狗一样送闹闹回家。"

我很生气，我试图追上大脸猫，照着他的自行车上踹一脚，但是大脸猫风驰电掣地越窜越远，后面大飞气喘吁吁地跟上来，对我说："你有没有发现,大脸猫换了一辆新车?"

这时我才注意到,是的,崭新的二八凤凰。我希望这个傻瓜不是为了白头发的女孩而换车,这太奢侈了,这简直比杨过还痴情,这份痴情会让我有点妒忌。但是我操,他竟然嘲笑我和闹闹,虽然闹闹在我心目中的地位已经不是很高但也轮不到大脸猫来嘲笑我。我不理大飞,继续追他,在十米以外的弄堂里忽然气势汹汹地开出一辆大粪车。它是来工作的,它才不管谁上班下班,它在清凉的早晨吸光了公共厕所里的大粪就会像个醉鬼一样横冲直撞滴滴答答地去向另一个厕所。我们像见到了妖怪,同时捏闸,我他妈的差点从车龙头上翻出去,然后看见前面的大脸猫连惨叫都来不及就一头撞到了粪车上。

之后的日子,春雨中的道路变得异常湿滑,人们都穿着雨披,看不清他们的脸。早晨喝豆浆的时候我们会感叹,神经兮兮的大脸猫,他在粪车上撞断了一根锁骨,住到医院去了。没有了他,气氛显得和谐,下雨天也使我们比较平静。

我们有点想念闹闹,都知道她谈恋爱了。飞机头说,那个桌球房的老板看上去挺有钱的,其实是个乡巴佬,他根本不知道什么是情趣,他甚至连桌球都不会打。他妈的一个开桌球房的竟然不会打桌球。

花裤子对飞机头说:"其实闹闹最喜欢的是你。"

飞机头说这不可能。花裤子说:"闹闹亲自跟我说的。可是你去追白发魔女了。"自从大脸猫摔断锁骨以后,她就有了这个绰号。

飞机头虽然很纯情但他想不明白这种事情,他智商不是很高。为什么闹闹最喜欢的偏偏是他,为什么这件事不是由闹闹说出来,而是花裤子这个扫兴的家伙?我们也跟着一起糊涂了。花裤子不屑地说:"你们是不会明白的,世界上只有一个闹闹,但是你们这群白痴在马路上追来追去的女孩,不管是白头发还是黑头发的,都有成千上万个。懂不懂这个道理?"

这下飞机头沉默了。大飞一拍桌子说:"花裤子你知道个屁,其实闹闹在外面有很多男人的。她跟我们只是闹着玩的。"

我们都沉默了。这时有人停了车子,走到豆浆摊的雨棚下面,那人撸下了雨披上的帽子,露出一头湿漉漉的头发。魔女再次出现。我们目瞪口呆地看着她甩了甩头发,鬓角的一绺白发像弯刀一样闪过。她对老板说:"甜豆浆。"

现在我们不再谈论闹闹。魔女就坐在我们旁边的桌子上,很慢地喝着豆浆,有一点白色的蒸汽从碗里飘起来迷住了她的眼睛,她微微抬起头,但是并没有看我们一眼。这样子太像一个身怀绝技的武林高手了。飞机头发了一会儿呆忽然站了起来,又坐了下去,忐忑不安好像他的心跳已经影响到了屁股。剩下的我们都是被点了穴的蟊贼。她真的很美,很不一样,与她相比闹闹显得粗俗而轻薄。我给自己点了根烟,重新开始思索自己是不是应该去喜欢一个比较清纯又比较严肃的姑娘,这对我来说已经是一碗夹生饭了。她旁若无人,在我们的注视下喝完了自己那份豆浆,然后站起来付钱,然后走出推车,然后忽然转过头来对我们说:

"别再跟着我了,我爸爸是公安局的。"

那样子真是严肃极了。一直等她消失了,花裤子才缓缓地说:"你们是不是很自卑?"

在我们十七八岁的时候曾经追逐过很多女孩,她们无一例外地感到慌张,感到自己就要掉入一群狼的包围中。事实上我们也是这么干的,我们喜欢骑着自行车在大街上耍流氓,前后左右包夹住女孩,有一次真的把人给吓哭了,还有一次我们遇到了见义勇为的群众,围了上百号人抓住了我们之中最倒霉的某一个,绑在电线杆上直到警察出现。这件事并没有想象中那么好玩,玩久了你会觉得厌烦,你看见她们那种厌烦的眼神会觉得自己像那辆大粪车,每一个早晨,在空气很好的时候,它都会例行公事地窜出来,看上去永远不会自卑,也不会惭愧。

有一天我独自去找闹闹,在桌球房污浊的灯光下,她烫了一个很夸张的波浪头发,看起来大了不止五岁,人们吐出来的烟气似乎全都在她的头顶缭绕。我说:"这发型显老。"

闹闹无所谓地说:"白头发的姑娘追到了吗?"

我说:"没有,我们这次遇到魔女啦。花裤子挨了耳光。大脸猫追她,撞上大粪车骨头断了住医院。小癫撞到了树上。还有老土匪也追过她一次,结果不小心追进了八中,被人家当流氓扭送派出所了。都没有好下场。"

闹闹大笑起来。

后来我问她，是不是真的最喜欢飞机头啊？闹闹说没有这回事。我说这是花裤子讲的，我只是来求证一下。内心深处，我一直以为闹闹最喜欢的是我。闹闹有点烦我了，说："我男朋友快要回来了，别再缠着我了，他是个流氓，生气了让你死得很难看。"

这么一来，闹闹也显得严肃了。

"我才不怕，我也是流氓。"我开玩笑说。

"拜托，你只是化工技校89级机械维修班的一个……小学徒。"闹闹说，"你会去工厂里做学徒的，对吧？"

我很生气，她说完这句话就拿着球杆去照顾生意了，看上去已经完全变成了桌球房的老板娘。在我眼里她从葡萄迅速变成了一粒葡萄干，我想我只能离开了。起初我有点难过，后来也就好了。我想世界上并不只有一个闹闹，花裤子说错了，从来就没有一个闹闹，甚至连现在的闹闹都只是半个闹闹，她会逐渐变得更少，变成一个不是闹闹的闹闹。这事情说起来有多绕吧？

这以后的日子消停了很多，我们不再追逐白发魔女，也没有一个闹闹让我们解闷，甚至连敌对派的大脸猫也不存在了。精神文明榜样活动倒是开展得有声有色的，反正我们全都剃光了绒毛，据说这毛越剃越硬，到三十岁就可以变成尼龙板刷。

初夏的某一天我们在街上晃悠，那是下午，四周静悄悄的。我们鬼使神差地晃到了八中门口，昊逼忽然说："你们还记得那个白头发的女生吗？她叫张钰，和我表姐一个年级的，我表姐也在八中。"

"她怎么了？"

昊逼说："她是高三的，我表姐说高考以后她就要去念大学了，她成绩很好的。"

"她爸爸是公安局的。"

"不是的，骗你们的。"昊逼说，"她爸爸是个老师。"

我们一起摇头叹息。昊逼又说："你们听说了吗？闹闹出事了，昨天新闻里放的那个火灾，把她的桌球房也给烧了，闹闹的男人烧死了。"

"我靠。"我们一起惊诧。

"我们又可以去找闹闹玩了。"昊逼说。

"我才不去咧，"我说，"要去你自己去。"

这时八中的下课铃声响起，三三两两的学生出来，我们推着自行车让到了一边的树荫下。昊逼忽然又喊了起来："白头发，白头发！"

又是她。她骑着自行车闪过我们眼前，我们都没有说话，也不打算再跟上去，我们怕死她了。只有昊逼表现得非常激动,他永远都激动，是我们之中最自卑也最情绪化的人。他跳上自行车招呼我们一起追过去，飞机头说："别追了，摔死你。"可是昊逼已经扑了上去，他的少白头像一堆蒲公英在风中飞舞。飞机头大声说："他妈的别追了听见没有？"昊逼听不见，他真的追上了她，并且扭过头去，对着她吹出了生平最响亮的口哨。

"滚开！"我们听到女孩大喊一声。

街道很空，有一辆运钢筋的卡车与他们同方向急速开过，那些钢筋的末端有三米多长全都悬挂在车斗之外。卡车开得太快，与他们贴得太近，我预感自己将会听到自行车卷入车轮时发出的金属碎裂声，可是没有。卡车开过以后，女孩一只脚撑在人行道上，看着前方发呆，然后狂笑起来。那是我最后一次见到她，她不再是严肃的。同样的，我也再没见过闹闹，我后来还曾经想念她，但她已经找不到了。

我们的昊逼，他的衣领竟然被钢筋钩住了，他试图挣脱，但自行车会失去平衡，他会被拖死。于是他只能紧紧地把住车龙头，白发颤抖着以八十码的速度被卡车拽着，一路发出长久的惨叫，前面的司机根本没有听到他的声音。卡车呼啸向前，闯过十七八个红灯绿灯，去往城外的公路，它根本没打算刹车或者减速，终点非常遥远。后来昊逼到底在哪儿捡回了一条命，我们谁都没有问明白，连他自己都忘记了。

妖怪打排球

妖怪打排球

我们四十个人，中午去城西大桥下的球场踢球，那球场是正方形的，四边各有一个生锈的球门，踢起来很古怪。后来我们像下四国军棋一样，分为四队抢一个球，可以向其他三个门里随便射，谁家门里进球多的就算输。这么玩足球看起来很像是打群架，其实我们只是为了好玩。

那天我在抢球时挨了谁一个肘捶，正中鼻梁，觉得鼻涕流下来了，一摸全是血。我用手绢塞住鼻孔，独自走到球场边抽烟，看到周围全是灰蒙蒙的风景，冬天的大桥比我的裤子更破烂，一排棕黄色枯死的水杉挡住了河道。这一带离城里很远，周围没什么人家，早晨的大雾直到此时还没有散尽。

我坐了一会儿，花裤子过来了，借了我一根香烟。花裤子说："我觉得我们像一群神经病。"

这种天气谁都像神经病。如果你不发点神经，就会像天气一样，到了中午还看不见太阳。

猪大肠也来了，猪大肠是个脑垂体分泌异常的胖子，有二百五十斤重。他跑不动了。他究竟是怎么混进化工技校89级机械维修班的，谁他妈的都没想明白，二百五十斤啊，你能指望他去修水泵就像指望他做一个里杰卡尔德式的后腰吗？有一次玩篮球他摔倒在小癞的身上，直接坐断了后者的一根肋骨。

猪大肠说："给我一根烟。"

我说："滚一边去，你从来都不买烟的。"

猪大肠说："那就给我抽一口嘛。"

我把烟给了他，他抽了一口再递回来我也不要了，看到他抽烟的样子觉得那张嘴巴像个屁眼。我抬起头，用手帕擦鼻子，血似乎已经止住了。

那时我们是在装配厂实习，大桥以西两公里的地方，周围全是荒地。那时城市还没有往护城河以外拓展，冬眠似的，所有人都在城里玩。我们每天早晨穿过城区来到装配厂，在里面胡闹一整天，随着下班铃声响起，跟着疲惫的工人们一起离开，换一个地方去胡闹。至于这个场子，平时路过都看得到，以为有人把守，那天老土匪说这里其实没有人管，于是我们拿了一个球就来了。

"那是什么地方？"刀疤五走到我身边，指着远处的一栋建筑问。

它在雾中，雾带着一种化工厂的焦黄色，显得很不健康。它看上去像是一个玻璃烟灰缸。

"新区的体育馆。"花裤子说，"造了一年多了，新闻里都放过。"

"看上去像是造了一百年了。"

"今天天气不好。"

"你去玩过吗？里面有体育比赛吗？"

"我又不爱打球，又不爱看球，我去那儿干吗？"花裤子说，"你再想想，我们这儿什么时候有过像样的体育比赛？除了一群傻逼跑来跑去，拿个市级业余冠军。有什么比赛吧？从来没有，从来都是傻逼跑来跑去。"

"这个体育馆造好了，以后可以有省级比赛吧？"猪大肠一副忧国忧民的样子。

"去年省里的乒乓球比赛，在市区体育馆办的，我去看了。"我低下头，鼻血又流出来了，只能仰起头继续说，"打得很好，特别那几个女的。可就这样她们还是没希望进国家队。我们是乒乓球大国，就像练毛笔字一样，随你怎么练都不可能挂到人民大会堂的墙上去。所以我告诉你，傻逼，省级的也没什么可看的。"

这时技校带队的陈老师来了。陈老师是个白净斯文的青年，大名陈国真，他本来在技校里混日子，管管政工，哪个人打架了，哪个人抽烟了，随着我们远赴郊外实习他必须也跟着我们一起到这个鬼地方来。我看到他过来就把香烟扔了。陈国真说："我操，你们不去上班，在这里踢你妈个球啊？你们这群傻逼还想健身？去车间里练他妈的肌肉吧。球我没收了。操你妈，大飞，你把球踢哪儿去了？你去给我捡回来。操你妈。"

我们吊儿郎当地跟着他往回走，留下大飞一个人跑向远处的芦苇丛。到了装配厂，我往医务室一钻，那里很暖和，我坐在医务室里等了半个小时，厂医才来。她问我干吗，我说我鼻子出血了，要一块药棉。

她很同情我，但找了半天竟没有药棉，最后扔给我一个口罩，让我自己拆了把里面的棉花掏出来用。其实我已经不流血了，索性戴着口罩回到了车间，刚进去就看见大脸猫和几个轻工中专的实习生打了起来。按说我们应该一哄而上把那些讨厌的中专生打死，但那次我们谁都没动手，眼看着中专生把大脸猫的脑袋打破，我们在一边鼓掌向他们致敬。

这显得我们喜怒无常，天威难测。

所有的中专生都是我们的死敌。中专不是大学，只比我们技校生多念一年书，但他们是干部编制，我们是工人。他们是干部之中的虾米但还是干部；我们是工人之中的鲨鱼但还是工人。事情就这么简单。

拿我来说，初中毕业考试的分数是能考上中专的，结果老子不幸填了著名的财经中专，那地方的分数比重点中学还高，按第二志愿我就来到了化工技校。早知道当初我就该填纺织中专，分数又低，身边女孩又多。我这辈子进了化工技校算是倒了霉了，全班四十个男生，没一个女的，有一度我们集体爱上了美丽风骚的机械制图老师，她怀孕的时候我们全都哭了。

然而我再也不想和中专生打架了，这会很惨，有关部门保护他们。不管打成什么样，都是技校生挨的处分更重些。这有点像元朝，我们是汉人，他们是色目人。我混了两年多，快毕业了，不愿意在最后关头惹上这种麻烦。

到了下午大飞并没有回来，晚上我去找他，告诉他，他最讨厌的大脸猫被人揍了，去医院缝针了。大飞无心谈论大脸猫，他告诉我："我今天下午去体育馆了。"

"好玩吗？"

"很好玩。明天我带你去玩。"大飞看到我一副无所谓的样子，我显然还想把大脸猫挨揍的话题继续下去，就自动揭开了谜底，"体育馆里有女排在训练。"

"什么女排啊？"

"女子排球队，省里面的。"大飞掰着手指说，"有十几个，最起码十二个，长得都很高，肯定比我高，但是比你也高。"

我同情地看看他。大飞是个矬子，矬而有力的那种，出于某种互补心理，他喜欢个子高的女孩，比如旅游中专的丹丹就比他高半个头。

我小时候，中国女排是必须学习拼搏精神的榜样，连我妈这么严苛的人，都会允许我深更半夜看女排比赛。如果不看比赛，老子就写不出作文，就会被老师批评。那时我有点厌烦她们。到了我身高一米七八的时候，有一次跑到一个排球场，发现球网比我想象中高，我蹦起来只能冒出四根指尖，这太丢人了，于是我意识到了她们的身高。我喜欢矮我半个头的姑娘，如果高我一个头——没见识过，不知道什么感觉。

我对大飞说："明天我也要去看。"

第二天中午我们又来到球场，由于大脸猫被打伤了，陈国真害怕我们会在厂里展开报复行动，这一天也就任由我们去玩了。其实谁会为了大脸猫这种傻瓜而打抱不平呢？这伙人完全忘记了大脸猫，在球场上踢得尘土飞扬，尽情地享受着难得的自由。我说了一句："体育馆有女排。"所有人都不想再踢球了，他们要穿过芦苇丛到体育馆去看热闹。大飞很不乐意地骂了我。

这是天气很不错的日子，没有起雾，阳光照着，我们走了一会儿，那些枯萎的草叶子全都飘了起来，好像我们搞了很严重的破坏。地很干也很柔软，松过土一样，走在上面很舒服。如果球场也能这么舒服就好了。

一直走到体育馆那儿，现在它显得高大巍峨，像个巨大的装配车间，深绿色的墙体和茶色玻璃。我很生气地想，装配车间不可能是圆形的，为什么我会联想到装配车间呢，简直没劲。冬天的荒草浮在四周，近处有一片静止的工地，感觉是在挖什么古代遗迹，全都掘开了，打了几根桩子，然后任由它敞开着。这就是我们在新闻里一再看到的新区，和城里迥然不同的、像外国一样的区。他们说很多三资企业正在造厂，这里的工资更高些。崭新的体育馆象征着一种崭新的生活即将拔地而起。

我们大模大样地晃进去，太清静了，连个看门人都没有。这伙人敢于大模大样地晃进任何地方（除了派出所），同时在任何地方都会遭到阻拦（只有派出所不拦我们）。里面果然很大，高高的屋顶，看台围绕着一个球场，挂着排球网。一个人都没有。我们有点扫兴，花裤子坐到看台上给自己点了根烟，于是其他人也坐了上去，香烟在几十张嘴里轮番传过去。传到我这儿,我把烟掐了,说:"体育馆不能抽烟。"

"你傻逼。"刀疤五说,"一个人都没有,把我们叫来,还不给抽烟。"

"搞体育的人不能闻烟味,因为他们要深呼吸,会把肺弄坏。这是我表叔说的。"我的表叔他们都认识,他是击剑运动员,省队的。

"人都没有,操。"刀疤五是个不太会讲话的人,他一句话总会翻来覆去讲十来遍,讲到他自己厌烦为止。

"我总不能去把女排队员都叫出来给你表演吧?"

"早知道就该让你先来探探,上你一当。"刀疤五说,"人都没有,去他妈的。我一点都不喜欢排球,我还是喜欢踢足球。"

这傻逼最喜欢的是一个人踢足球,无垠的天空就是他的球门,他根本不懂什么是排球。我不再理他,独自走到排球网下,原地蹦起来做了个扣球的动作。我发现自己的手肘可以冒出球网,觉得很高兴。又试了一下,确实无误。这就表示我扣出去的球不再是打向观众席了。

"你这个傻逼在干吗呢?"大飞坐在看台上对我喊。

"我可以扣球了。"我说,"把你的足球扔给我,我扣一个给你看看。"

"扣足球,你脑子坏了。"大飞说,"你打算给我们表演吗?"

"你懂个屁,上学期我摸高还刚刚能超过球网呢,现在我已经可以把手肘伸出去了,我能扣球了。这说明我的弹跳力有进步,我这半年没长个子。"

他们都不感兴趣,只有飞机头跑了过来。飞机头一米八二是我们班最高的,他穿着皮鞋原地蹦起,用手够了一下,说:"这算什么,我也能扣。"

"可是上学期我就够不到。"我说。

"上学期你被轻工中专的女生甩了,你萎了,屁也够不到。今年你缓过来了。"大飞又在远处喊。

我试图再次跳起的时候看到球网对面出现了一个人,她穿着球衫球裤,比我高出半个头,肘弯夹着个排球笑吟吟地看着我。我愣了一下。

她说:"去年你够的肯定是男排的球网,我们女排的球网比男排大概要矮二十公分。"

体育馆带着回声,后面那群白痴全都听见了,一个一个笑翻了。

因为是封闭训练,我们被赶了出来,坐在体育馆外面吹风。那些茶色玻璃照着我们自己,里面什么都看不清。这么玩了一会儿,我们觉得无聊了,所有人身上的香烟都抽完了,飞机头尿急,跑到工地那儿,对着掘开的土坑尿了一泡,后面的人也跟着过去尿。尿完了,昊逼说:"其实我们应该对着茶色玻璃尿尿,反正我们也看不见里面。"

"你的鸡鸡那么小,好意思对着人家掏出来吗?"花裤子说。

昊逼是我们班的残疾人,少白头,大舌头,鸡鸡也很小。如果把他的裤子扒下来,在最初的一瞬间你会以为他是个女的。不过等他骂人的时候你就知道他是男人了。这会儿他操了花裤子的妈二十多遍。花裤子没还嘴,也没打算揍他,花裤子很少和人斗嘴斗拳,总是保持着一种奇怪的尊严感,好像在他近似咒语的某一句话之下对方已经变成一个妖怪。他回过头来对我说:"昊逼这两天在吃补药,什么太阳神口服液,听说吃了就长鸡鸡。一个人要是长鸡鸡了,他就会变得很容易激动。"

我们走回了装配厂。

这一路上花裤子就在问我是怎么被轻工中专的女生甩了的,花裤子正在谈恋爱,他的女朋友看样子也想把他甩了,他想预习一下失恋的感觉。我说:"我已经懒得说这件事了,你去问大飞吧。"

大飞说:"这傻逼喜欢上了一个轻工中专的女生,我见过,长得不好看,但是有两个钟楚红一样的酒窝。你知道,他看见酒窝就像刀疤五看见二锅头,反正立刻走不动路。后来他就去轻工中专泡她,那个女生叫什么名字?"

我说:"李霞。"

"对,李霞。李霞对他还挺好的,还请他喝过汽水。她是县城的,讲话和我们都不一样,平时还住在宿舍里。这傻逼就是喜欢那些住在宿舍里的姑娘。"

花裤子说:"因为没人管嘛。不过就算泡上了也没什么前途,他们毕业了都回县城的。"

大飞说:"有一天李霞带我们去看打排球,他们轻工中专有个排球场,里面一群人在玩排球。我们跟了过去,没想到李霞喜欢其中一个最帅的,叫什么名字?"

我说:"张敏。"

"对，张敏。傻逼看了半天发现李霞的眼神不对，就吃醋了，穿着皮鞋跑进去垫了个球，飞过球网，对面那个张敏打了个背飞。傻逼就跳起来拦网，结果那个球扣在了他的脸上。扣在脸上啊，哈哈。"

花裤子说："这有什么好笑的。"

大飞说："你当时不在，我在，我都快笑疯了。傻逼捂着脸仰天躺在地上，所有人都在笑，那个李霞笑得都快跟他一起躺着了。后来傻逼没脸去了，就再也不找她玩了。"

花裤子严肃地说："这么说倒是蛮可笑的，怪不得今天在痆摸着要扣球。"

我说："我无非是被人用球打中了脸，大飞你还记得上次被李晓踢中睾丸的事情吗？你跟李晓抢闷闷,被他踢了睾丸，现在睾丸还在吗？"

大飞就扑过来踢我的睾丸，我绕着花裤子躲。花裤子厌烦地摇了摇头，用手挡住自己的睾丸免得被大飞误伤了。花裤子说："你们不要这样贱好不好？"草丛里有一群野鸟呼啦一下惊飞到天上，掠过我们的头顶，落在稍远的地方，不知道它们到底是真的受惊呢，还是仅仅想换个地方待着。

到厂门口看到陈国真正在传达室抽烟，指着我们说："你们这群傻逼又去踢足球了？跟你们说,大脸猫的事情不许再想了，挨揍就是挨揍，认倒霉吧，打过来又打过去的就是你们这群傻逼。不许给我找麻烦啊，否则一律开除。"

大脸猫在医院里缝了四针，过了几天像个伤兵一样出现在了车间里。我们正围着一个巨大的锅子，在它的盖子上拧螺母，车间主任发给我们二十个扳手，两个人合用一个，等到拧好了螺母他发现只剩下十个扳手了，车间主任破口大骂，这时大脸猫走了过来，他头上缠着纱布，本来脸就大，现在活像个葫芦娃。大脸猫拿起一个扳手试了试，不是拧螺母，而是抢了一下。车间主任害怕了，说："你想干吗？"

大脸猫说："那几个中专的呢？把他们叫出来。"

车间主任说："关我屁事啊，你要找碴别在厂里找，有种放火点了他们家。"

大脸猫说："去你妈的，我在车间门口被人打了，现在我要报仇你居然让我到外面去？"

车间主任说不过他，觉得他嘴巴比拳头厉害，活该挨揍。那十个扳手还是没找到，大脸猫手里拿着一个，车间主任也不敢再要了，拿着九个扳手骂骂咧咧地消失在我们眼前。

大脸猫叫了几个和他要好的，在一边抽烟，商量着怎么去报复。这种事情经常在化工技校发生，You kill me, I kill you, 不足为奇。我和大飞还有花裤子跟他们合不来，就不去参与这种傻瓜事情了。花裤子说大脸猫并不打算搞出什么惊天动地的事情，他要真想报复就该一个人拿把菜刀默默地走出去，而不是七八个人合用一把拧螺母的扳手。我从来没见过有人举着扳手搞出大事，那太像宣传画，咱们工人有力量。

下午我们三个溜出厂去体育馆,这次走了一条直达的捷径,沿着冬季干燥而坚硬的土路,天气又不好了,阴霾中觉得有一场大雪就在头顶。有时我会想,假如雪不是一点一点地飘下来,而是一下子全部砸向这个世界,不知道会发生什么。我觉得无聊极了。

花裤子说:"我失恋了。"

"你才谈了没几天吧?"

"两个月。她不喜欢我了。"

"你有亲过她吗?"大飞问。

"亲过一次,第二次就不给我亲了。"

"别伤心,会过去的。"

"我既没有被排球打中脸,也没有让人踢了睾丸,我有什么好伤心的。"花裤子做出一副无所谓的样子,"我们还是去看女排吧,跟你们说这种事情真是太浪费了,你们什么都不懂。"

可是那些女排已经不在了。我们走了有半个小时,白跑了一趟。体育馆空荡荡的,连球网都没有了。我们坐在看台上喘气。

"大概集训结束了。"大飞说。

"上次那个女的比我高半个头呢。我从来没见过这么高的姑娘,大飞你最喜欢这种类型吧?高半个头呢。"我说。

"她长得太高了。"大飞沮丧地说,"比你高半个头。比我,他妈的高了一个头都不止。"

我闭上眼睛想了一会儿,没想起来她的模样。她确实长得够高的,我对一个需要仰视的大姑娘仍心存敬畏，就像我敬畏文学家、警察、工程师，这他娘的是一种很要命的感觉。我甚至敬畏那个朝我脸上扣了一排球的张敏，他和我差不多高，但是小腿修长，十分具有弹跳力。他就是能跳起来扣球，我就是不能。

后来走进来一个老头，把我们轰了出去。这次我打算再去看看草丛里有没有野鸟，于是走了一个小时才回到厂里，到那儿看到无数人站在浴室门口，随着下班铃声响起，他们像抢便宜货一样一哄而入。在回来的路上我看到无数野鸟飞起的样子，它们显得从容不迫，比人类更具有平常心。后来我知道人们是想在下雪之前洗完了赶紧回家，可是那一天并没有下雪，阴天使人多疑。

陈国真把我们叫到装配厂的食堂里开会。那是上午，食堂里没人。陈国真推心置腹地说："如果你们打算找碴报复，就等着开除吧，谁打架就开除谁。操你妈的，你们是不是不想让我太太平平地挣点工资，非要让我为难？"

大脸猫开口了："我被中专生打成这样，他们一个都没开除。"

"轻工中专的事情我怎么搞得明白？"陈国真说，"我是化工技校的，我不能去开除轻工中专的，但是我可以开除你们。"

大脸猫说："你想讲和，就得让他们请我吃饭，跪在我面前磕头、敬茶。不然这事没完。"

陈国真说："操你妈，你以为自己是黑社会吗？这学期要不是我保着你，你都被开除了二十回了。等你被开除了，你想让谁磕头就让谁磕头，拉一群黑社会过来找我我也给你磕头。操你妈的。"

陈国真就这么走了。听了他的话，我感到有点哀伤，因为我见过大脸猫给人磕头的样子，并不是磕头就能讲和了，磕头的过程中还有人踩他的脸，把口水吐在地上让他舔干净。这件事一点也不好玩。

大脸猫说："我要找人挑了他们的脚筋。"说完也走了。

第二天陈国真又把我们请到了食堂，说："操他妈的，事情闹大了，那几个中专生现在不敢来实习了，他们去找校长，他们校长来找了我们校长，我们校长找了我。你们谁要是敢动手，我就完了，操，你们随便吧，你们想怎么死就怎么死，有本事去轻工中专打架，我陪你们一起死。"

那时大脸猫也显得闷闷不乐的，在厂里报复很容易，如果要他去踏平轻工中专，那就等于是一场攻坚战，必须多十倍的人、十倍的兵器，靠一个扳手是肯定不行的。首先大脸猫找不到这么多人助拳，其次我们都知道，这么多人助拳是很花钱的，有人根本不打架，纯粹来混吃混喝，但你真的不能只带两三个人的特种部队过去，你必须带着一大群傻瓜好像是一场重大战役，其中有尖刀兵、警卫营、文工团，还有炊事班。

我、大飞还有花裤子打着呵欠走开了。我们叉了一夜的麻将，很困，根本不想干活也不想搭理这种事情。我们这个圈子里，只有阔逼显得跃跃欲试，他神经病，看见任何打架的都想冲上去。有时候在小菜场看见妇女和菜贩子吵架，他也会扑过去给人一拳，总之激素分泌旺盛。花裤子说："阔逼你根本不应该生活在中国，应该去非洲打猎。"我们说着就找了个地方睡觉去了。

到了中午我们三个人被踹醒了，一看是陈国真，不知道他想干吗。陈国真说："睡你妈个头，校长来了，都给我集合去。"

我揉着眼睛，心想这是演的哪一出，校长竟然亲自骑着自行车来到这偏远的角落视察，这是不可能的事情。后来我明白是为了大脸猫，他不是要挑人脚筋吗？这种话我们熟人都不会信，傻瓜连自己的脚筋在哪儿都不知道，但是在常人听来就很可怕，好像某国宣布要扔原子弹一样。

于是我们排成队，校长来了。他是个矮胖子，拿破仑也是矮胖子，所以他在视察的时候还是很有拿破仑的气质的。在陈国真的陪同下，他先是看了看我们的精神面貌，除了我们三个睡过觉的，其他都不错，然后叉腰讲了讲国际形势、社会新闻、政治动向。讲完这些，他又查看了一下大脸猫的伤势，表示他这点伤不算什么，很亲切地慰问了大脸猫同志，又认为企图报复是不太明智的，我们要化敌为友，要像个男人一样坚强。这一点上，我们看出了校长的教育家风度，他循循善诱又谆谆教导，陈国真在后面不住地点头，闪亮的双眼不时地扑打着大脸猫受伤的脸。大脸猫从来没得到这样的安慰，他像猫咪被捋得很舒服地闭上了眼睛，后来丫竟然哭了。我们就松了口气，觉得校长伟大，大脸猫是个神经病的真相被他轻易地揭露了。

最后校长说："为了加强和轻工中专、轻工技校、轻工职校之间的横向联系，我和他们校长商量过了，打算联合举办一场体育比赛，用体育来增进友谊。排球，这是一项很好的运动，我同意进行排球比赛。你们觉得呢？"

我们稀稀拉拉地点头，这种时候谁敢说不呢？

校长回头对陈国真说："你安排一下，这个班的男生是我校的主力，让他们上场吧。"又拍拍大脸猫的肩膀说："你也要去，用你的拳头狠狠地砸排球，而不是砸人。"大脸猫已经哭得快要背过气了。

化工技校89级机械维修班全都是男生，没有女生。这种班级有个绰号叫"和尚班"，另一个绰号叫"强盗班"。他们去参加球类运动，只要是肉碰肉的那种，最后的结果往往是打起来，我曾经见识过刀疤五踢足球，他磕磕绊绊地带着皮球往前跑，嘴巴里喊着："谁再敢来抢球我就打死他！"这样他就带着球一直跑到了对方的球门里。我们建议他像海狮一样顶着球跑，反正也没人敢拦他。这伙人丝毫没有体育精神，抢球必打架，但是排球是一项隔着网进行的运动，和乒乓球网球一样，如果你抢不到球，你就只能抽自己的嘴巴。我觉得校长真是太聪明了，他甚至知道我们可以为了下象棋打起来，但我们不能跑到球网对面去打人，因为，那实在是太低级、太低级了。

轻工中专的强项就是排球，他们有一支业余排球队，他们学校的张敏可以打出漂亮的背飞。至于我们，真正的强项既不是足球也不是散打，而是像群傻逼一样搞得所有人都很扫兴。一整个晚上我就在想这件事，大脸猫这个傻逼够本了，他居然可以让我们去参加这么一项必输无疑的高雅运动。我梦见自己在装配厂和新区体育馆之间来来回回地走，野鸟乱飞，雪下得很大。梦里的我穿着短裤，冻得要命，然后不停地接住了各种轨迹飞来的排球，真他妈的累死我了。后来飞过来的全是扳手，我就醒了。

冬天的某个下午我们一起骑车来到了轻工中专，由陈国真带队，本来校长也要来的，但他临时开会去了。我走进轻工中专觉得很熟悉，是的，我在这里喜欢过一个女孩，曾经多次跑进来，甚至还起过念头要进她的宿舍。我想到这个觉得很伤心，脸上有一种排球砸过的尴尬。

那些学生已经在操场上等我们，轻工中专是有很多女生的，这让我羡慕，她们组成了花花绿绿的拉拉队，在我们进场时给予了慷慨的掌声。排球场是一块长方形的水泥地，平整而干净，画着规整的白线，中间的球网已经拉起来了。这四十个人全都缩下了脑袋。我们排成了队，高矮胖瘦，各不相同。陈国真低声说："你们都精神点，我他妈的也不想来的，校长要我来的。你们今天好好打球，回头我给你们放一天假。"我们一起点头。陈国真扫了一圈说："谁上场？"我们面面相觑。陈国真说："你们连这都没商量好？你们来干吗的？"

"等你选拔呢。"

"我他妈的哪儿知道你们谁会打排球，谁不会打排球？你们自己选，赶紧。"陈国真生气地说。

对面的队员出现了，我首先看到张敏。在很冷的天气里，他穿着一条标准的男排运动裤，仿佛露天的寒气根本不足以击倒他，他在原地蹦了一下即显示出超群的实力，完全就是个弹跳王。其实他长得不是很帅，但眉清目秀，发型潇洒，足以成为全场的焦点。果然，那些女生都喊了起来，张敏加油。张敏微笑着在球场跑了一圈。他的队友们，也都很潇洒，虽然不敢像他一样穿短裤，但也都是两侧带双条纹的运动裤，脚蹬球鞋——那两条大美腿就是张敏的专利了。

我看看我们这边，一半穿皮鞋的，一半穿棉毛裤的，个个都穿毛衣，最威风的阔逼穿了一件皮夹克。我忍不住说："他妈的，你们都是来干什么的？打球还是泡妞啊？"

"这下傻逼了。"花裤子说，"穿短裤的那个是谁啊？"

"就是张敏，把排球扣在路小路脸上的那个人。"大飞说。

"也是傻逼。"花裤子说，"我们今天要是穿短裤来，他恐怕就得光着屁才过瘾了。"

我们散开了，做点准备活动，临时选拔。那边的女生走过来看热闹，还问我们："你们为什么没带拉拉队？"

我说："我们自己就是拉拉队，我们学校没女生，带一群傻瓜过来你爱看吗？"

女生大笑说："爱看的。"

"爱看也不给你看。"

我们开始选人，就跟推举谁出来付账一样，由不得对方推托。第一个把我给选了出来，我已经不想玩了，不得已在场上跑了一圈，周围还有友好的掌声，他们不记得我就是脸上挨了一排球的人了。我跳起来摸了摸球网，有点沮丧，这是按男排高度拉起的，我还是只能露出四根手指。我不信对面个个都能跳得比我更高，但那个张敏，他确实可以做到。

"短腿，短腿，腰长，腰长。"那群女生笑话我。

我无所谓，我才不和女孩子着急。她们嘲笑我的标准仅仅是张敏，如果没有张敏她们就会喜欢我，如果不打排球而是打嘴仗她们会愿意嫁给我。我情愿这么猜想。

第二个上来的是大脸猫，他是必须出场的。他把手插在口袋里，头缠纱布阴郁地走上场，朝地上吐了口痰。我心想这他妈的不是足球场，谁给你随地吐痰了？大脸猫反正也没找到那三个打他的人，他耸肩站在原地，从口袋里掏出双手，用力掰着手指，还是一副要打架的样子。周围又响起掌声。

第三个，阔逼，阔逼矮了点，可以做二传手，不过他平时连抛过去的香烟都接不住，你就别指望他能接排球了。第四个，飞机头，飞机头最纯情，一直在和中专的女生说话，到了场上还在说。第五个，刀疤五，刀疤五上去就踢飞机头的屁股，让他专心点，刀疤五的胜负心很重。第六个，没了，没人愿意上场了，讨论了半天最后他们把花裤子一脚踢了上来。花裤子大声说："我是讨厌球类运动的，我上来归上来，但你们别指望我动一根脚指头。"现在嘘声起来了。

裁判是轻工中专的体育老师，他搬了个凳子站在球网边上，先宣布了一下规则：五局三胜制，15分有换发球，后面再说到轮转换位什么的就没人明白了。张敏大声说："随便吧，无所谓，他们不懂的。赶紧打球吧，我都有点冷了。"我点头说："我们不懂的，再耽误下去那两条腿就成雪糕了。"裁判也就随我们去了。

这时我看见了李霞。

那是个很好看的姑娘，我不只喜欢她的酒窝。我喜欢很多但我无法提炼它们，和我的厌倦如出一辙。她站在场边，一直在注视着我，天气很冷，她手里抱着一个粉红色的暖水袋，微笑地冲我点头。我一时失控跑向她。她说："你很久没有来找我了。"我看着她那两个酒窝，左边一个，右边一个，她脸色不太好。我说："我又来打排球了。"

"你好好打球，我给你加油。"她说。

她真是温柔极了，像这样温柔的姑娘本来就爱笑，哪怕看到我出洋相呢。我一点也不生她的气了，她不笑真是对不起两个酒窝。我又想到她有一次跟我抱怨，中专生活很无聊，每天就在这学校里，从教室到宿舍，从宿舍到教室，平时连电视都看不到，只能看些书，她又不爱看书。我想我的存在并不是为了被人笑，但也可以被人笑，这取决于我是否乐意。

然后我觉得脖子一紧，被陈国真拎回了场子里。

我对李霞说："打完球我来找你。"

不知道为什么她皱起了眉头，找了个凳子坐了下来，她把热水袋焐在了衣服里，她的下腹位置。她一直在看着我而不是大美腿的张敏。

花裤子说："这女的就是你喜欢的那个？"

我说："是啊。"

"她在痛经。"花裤子说，"我一看就知道，痛经。很可怕的，会痛得想死。"

"那怎么办啊？"

"我女朋友就痛经，我和她谈了两个月的恋爱，见识过她痛经了两次。她说要平躺着，用热水袋焐着，还要喝红糖水。"

我又跑了过去，对李霞说："你还是回宿舍躺着吧。"

她说："我不要紧的，来看看你。"

陈国真说："操他妈的路小路，你怎么回事？"于是我又跑回场子里。裁判一吹哨，对面一个球飞过来，刀疤五用右拳打了个黑虎掏心，正中排球，飞向了大脸猫的屁股。周围哗笑四起。刀疤五说："操你妈，不准笑，谁都不许挡着我！"

我侧脸看了看李霞，她的脸上有一种痛楚的温柔，然后她也笑了，因为真的很好玩，这球场上的傻瓜真的值得一笑，我愿意被她笑着正如她愿意痛经了还来为我发笑，这是一种多么诚实的交换。我没心思再打球了，打到0比5的时候我实在忍不住了，周围的笑声我已经听不见了，对面的张敏冻得瑟瑟发抖，他就没能跳起来打过一个背飞或者扣杀。这时他应该会想念我，我他妈的起码还能垫起个球，但我不想垫球，有一次球飞向了李霞，我才舍得伸出手去打了一下。后来我看见花裤子郁郁寡欢地抬脚,踩住了四处乱滚的排球。我举手要求下场。

"受伤了。"我说。

"哪儿受伤了?"陈国真问。

"他痛经。"花裤子替我回答。

我不再理会陈国真的谩骂,我觉得这事真他妈的太好玩了,反正我已经参与过了,就像我爸爸参与过"四清",我叔叔参与过"武斗",我舅舅参与过打倒"四人帮",只要你参与过,历史就在你屁股上留下了脚印。我的屁股上留下了陈国真的脚印。等我下场时候看到剩下那三十四个混蛋全都坐在地上大笑。与此同时,花裤子也下场了,他说:"我他妈的经历了一生中最无聊的十分钟。"他径自走向远处的车棚。接着,那三十四个混蛋,把少白头的昊逼和两百多斤重的猪大肠推上了舞台的中央。所有人都笑翻了。

我不想再看下去,跑到李霞身边对她说:"天太冷了,我送你回宿舍吧。"

李霞说:"好啊,我也有点撑不住了。"

她站起来,我没敢扶她。她走得很慢,起初我跟在她身边。我们缓缓离开了球场,把那个乱七八糟的地方抛在身后。我听见大飞在喊:"操你妈,我不要上场!"于是一米六二的大飞也被踹上去了。现在站在球场上的是头缠纱布满脸杀气的大脸猫、白发凌乱的瘦弱昊逼、一脸蠢相的巨肥猪大肠、发骚的飞机头、神经的刀疤五、暴怒着不想下场的阔逼、矮矬的不想上场的大飞,一共七个。对面是张敏的大美腿。

大飞哀伤地说:"我他妈的不要打排球。"

我和李霞并肩而行。我说:"我很久没有来找你了,时间过得太快了。"

她说:"是啊,下学期我就毕业了,我要去新区工作了,我真高兴。"

"我也很高兴。新区那个地方,有个很大的体育馆,可以打排球。"

我说着觉得心里跳了一下,又跳了一下,可是我没再回头,陪着她走了。

偷书人

偷书人

没有人会想到把书店开在技校旁边，因为，我们这帮技校生，是不看书的。当时——我说的是一九九〇年——我们迷恋录像片、电子游戏、麻将、外烟，但没有人看书，武侠小说也不看。谁要是说古龙金庸或者李寻欢杨过，我们就觉得这是个傻逼，活在幻想中的神经病，关于点穴和内功之类的。出去打架你先记住不要被人开了瓢，其次听见警察来了就赶紧跑。所以我告诉你，在一九九〇年，只有那些很文艺的人才看武侠小说。

那个女孩把书店开在我们化工技校对面，谁都没想到。

化工技校在一个城乡接合部，一边是市区，好几个新村形成一个人口庞大的聚居区，另一边是个码头，一个巨型仓库区，以及荒凉的公路。学校恰好就在这条分界线上，如果我们需要玩些具有现代感的东西，就去城里，如果我们需要粗犷的感觉，就去城外。打架和泡妞在城里城外都可以。

当我们看到书店开张，觉得非常好奇。那些中学旁边才有书店，顺便卖文具用品，他们少不了这些。而我们呢，全校只有两百个学生，九成比例的男性，大部分人都希望自己快点离开这个地方。我甚至连书包都没有，每天上学在自行车龙头上挂一个我爸爸的公文包，那种黑色人造革的、很薄的、三面都是拉链的玩意儿，里面插一支铅笔和一支圆珠笔，香烟和打火机藏在隔层。我没地方放书。

我记得是开张第二天下午，当那个女孩坐在书店门口，用一根鸡毛掸轻轻挥舞的时候，我和飞机头正好路过。飞机头一下子就愣住了，像挨了定身法。

"什么时候这里有了家书店？"

"昨天开张的。"我说，"你逃课了，所以今天才看到。"

女孩说："欢迎你们来看书。"

飞机头说："你应该说欢迎我们来买书。看啊看的，书都看坏了。"

"我这里是租书的。"她收了鸡毛掸子，笑吟吟地看着飞机头。这王八蛋在他十七岁的时候确实很帅，况且他前一天逃课是去捣腾他的头发了，很多姑娘看见他都会笑吟吟的，但是我觉得，只有她的笑吟吟是一下子把飞机头的魂给勾走了。

"我会来看你的。"飞机头说。

我们回到学校。我对飞机头说："你不用多看她，这书店很快会倒闭，她很快会消失。"

飞机头很乐观地说："也许它还没来得及倒闭，我就已经被学校开除了呢。人生是很无常的。"

于是这家书店，或者说租书店，就此在技校对面扎下了根。隔着一条很糟糕的马路，没有人行道，没有树，连电线杆都是紧贴着房屋和围墙，没有人愿意在这条路上走。有时我们站在校门口,看到书店,那里面很暗,女孩面容模糊地坐在角落里。我曾经去过那里,一半是破破烂烂的武侠小说和言情小说,另一半是外国小说和革命小说,分门别类地放在书架里。哪一半都不是我爱看的。天气好的时候,她会到店外面,晒晒太阳。我可以很肯定地说,她的店里没有生意,她选错了地方。

也许是她太寂寞了,从一开始,她就认为飞机头可以为她解闷。而他确实没有辜负她,那以后的很多个中午,他都坐在她店里的小板凳上。这引起了我们的好奇,走过去看了看,大飞说那个女孩并不漂亮,只是长得比较精致。其他人不懂什么叫"精致"。我说:"我觉得她是灰色的,我看着她就觉得自己得了色盲。"

大飞说:"你这个形容,没人听得懂。"

那一年飞机头爱上了各种各样的女孩,他自己数了一下,大概有十五个,其中包括高年级的女生可可、轻工中专的李霞、马路少女闹闹,还有各种叫不上名字的,但一无所获。他唯一可以得手的,是我们学校图书馆的陆莉莉,但陆莉莉实在长得不好看,她比飞机头大五岁。每当说起陆莉莉的时候,飞机头的脑袋就会俯冲下去,仿佛民航客机要着陆的样子。

"我觉得还是陆莉莉更适合你。"大飞说。

"大家绰号里都有'飞',拜托你讲话给点面子。"飞机头说,"我不喜欢比我大的姑娘,你才喜欢这种类型的。"

"你上过那个书店女孩吗?"

"没有。"

"你打算上她吗？你他妈一天到晚在书店晃。"

"这事没你想的那么简单。"飞机头拍了拍大飞，"很复杂，但是对你来说确实简单，被那些老女人骑在身上什么都别想就能全部搞定。"

"有时候也要换个姿势的啦。"大飞恬不知耻地走到飞机头身后，扶住后者的腰，用自己的小腹对着前面的屁股顶了好几下。

飞机头一下子跳出去三米远。

等到飞机头走了以后，大飞对我说，飞机头搞不清自己想要什么，其实他就是想上那个书店女孩，但是他没经验，不知道自己要的就是这么简单的东西。另外，大飞又说，飞机头隐瞒了一件事，那个书店女孩和陆莉莉一样都比他大五岁，他还以为别人不知道。

"我觉得她很老了。"我说，"像个女巫一样。"

另一天，在码头边，我们在飞机头的书包里找香烟，翻到了一本《悲惨世界》的下册，作者是雨果，一个法国人。不知道的人嘲笑飞机头，说他现在变成了一个有文化的人，居然看这么厚的书，而且是下册，那说明他把上册已经看完了。其实《悲惨世界》的故事我们都知道，有一部配音的法国电影，但是谁会有耐心去看原著呢？飞机头摇晃着身子，很扭捏地企图拿回那本书，但它被一群人抛来抛去，最后扔到花裤子头顶上。花裤子说："他就是看看书嘛，没什么不好，你们太无聊了。"他没伸手接书，于是它直接掉进河里了。

飞机头说："操你妈的。"

花裤子说："这小子中邪了。"

过了几天,飞机头在新华书店的开架柜台上偷书,被营业员抓住了,这不是什么严重的事,那会儿新华书店刚刚开架,每天都能抓到偷书的人,但是他们会威胁说把偷书贼送到派出所去。书店先打电话到学校,那天去的老师是个刚从工厂转业过来的,他见面就给了飞机头一个耳光,把书店的人都镇住了。然后他指着飞机头问:"偷了多少书?"

书店的人看了看桌上,说:"《悲惨世界》,而且是下册。"

老师又给了飞机头一个耳光,对书店的人说:"够了吗?"

书店的人说,够了,别打了,带回去教育教育吧,你身为一个人民教师,这么打学生不太好吧。老师说,你们懂个屁,我要是不打他,他回去肯定被开除。书店的人说,风闻贵校牛逼,果然名不虚传。那时候飞机头已经流出了两管鼻血,样子变得十分可怕。

第二天陆莉莉拦住飞机头,说:"你为什么要去书店偷《悲惨世界》?我们图书室也有的。"

化工技校的图书室在食堂边上。你必须拐进一条小夹弄才能找到它的入口,也就是说,在正常的活动范围内,你是看不到它的存在的。那条夹弄里甚至连路都没有,下雨时垫的砖头形成一个通道,在不下雨的时候,陆莉莉也会踩着砖头往里面跳。

人们根本很少进去,那地方荒僻而狭窄,大部分都是化工方面的技术参考书,和我们一点关系都没有,还有一些课外书,小说啦,散文啦,陈旧破烂,散发着霉味,同样无人问津。作为本校为数不多的未婚女性之一,陆莉莉也从未获得过我们的青睐,她的主要问题是长得不好看,不好看的主要问题是她哨牙,录像片里管这个叫牙擦苏,本地叫做爬牙、龅牙、西瓜铲牙。她的工作稍稍可以遮丑,在图书馆高高的桌子后面,她只露出鼻子以上的脸蛋,弯弯的眉毛,双眼皮,鼻梁中间有一颗痣。可惜,她总是在食堂里被人们撞见,哨牙一览无余。

作为飞机头的绯闻对象,她一点都不冤枉。事情是这样的,刚念技校那会儿,有一天我们几个受命去图书室打扫卫生,以为只是掸掸灰、擦擦窗,没想到她让我们把所有的书都挪下来,把书架的每一个格层都擦干净。这活干到一半的时候,我们都鼻子过敏,一个接一个地打喷嚏。这时陆莉莉从抽屉里拿出了唯一的口罩,给了飞机头。飞机头起初还很得意,戴上口罩对着我们眨眼睛,后来大飞说,那口罩是陆莉莉用来挡住哨牙的,飞机头就恶心地摘下了它。

我们不知道陆莉莉为什么喜欢飞机头,仿佛从一开始,她就对飞机头抱有特殊的好感。固然,他很帅,但他也很王八蛋。也许在陆莉莉眼里是倒过来的,他很王八蛋,但他很帅。有时候陆莉莉还会管着飞机头,譬如这次他偷书,她就很严厉。

飞机头翻着眼珠说:"这事不用你管。"

陆莉莉很生气,看到我们在一边狂笑,她就没再说下去,龇着哨牙走了。这时我想起一件事,问他们:"有一天我看见陆莉莉在练毛笔字,她在报纸上写'心远地自偏',这是什么意思?"

大飞说:"就是一个女人不爱搭理别人,然后缩在角落里,然后没有人搭理她。"

"不一定是女人。"

"大部分都是女人。"大飞蛮有把握地说。

后来,我们在书店里看到飞机头,觉得他也快要变成"心远地自偏"的人了。他缩在黑暗的角落里,无聊地翻阅着女孩店里的书,有时他甚至不看书,就捧着腮帮子看女孩。天哪,这副样子太不像是我们的同伙了,他变成了一个文静的人。而那个书店女孩,她有时挥动鸡毛掸子,有时安静地坐在飞机头身边,两个人一起发呆。

大飞继续追问飞机头:"你到底什么时候才能上了她?"

"不知道。她是个很单纯的女孩。"飞机头说。

"你他妈的才单纯,你再不上她,小心陆莉莉上了你。"

"你们不要胡说八道。"飞机头说,"我和陆莉莉根本不是你们想的那样。"

也许飞机头说的是对的。有那么一阵子,陆莉莉谈恋爱了,对象是我们学校的一个中年老师,前秃并且离异,脾气相当古怪的家伙。他们同进同出,在食堂里可以看到他们并排或者面对面坐着,吃同一份菜,同时笑,同时点头。哨牙和秃头,仿佛是一对天造地设的组合,仿佛这两种缺陷本身具有独立的意识,而那两个活生生的人却不存在了。

可惜好景不长,大概两个月后,飞机头说陆莉莉失恋了,那个前秃的老师终于厌倦了哨牙,和她说拜拜。飞机头警告我们,陆莉莉最近的心情很差,没事不要去图书室惹她。

"只有你才喜欢去有书的地方!"我们一起嘲笑他。

飞机头快要得手了，他尝到了爱情的滋味。有一天他惹了两个高年级的男生，被人在学校里追打，他一时没找到同伙们，就狂奔出校门，一溜烟钻进了书店。那两个仇家更生气，提了木棍追他，那个书店女孩双手张开撑住店门，小小的门面恰好被她拦住。她说："不许在我店里撒野。"

这耽误了一点时间，我们一伙人赶了过去，推推搡搡，在书店门口互骂了半个钟头，没有人动手。后来老师来了，就是那个抽飞机头两个耳光的狠角，我们就装作没事那样散去了。

飞机头说，那是他见过的最勇敢的女孩。他感动极了，他觉得在自己这浪荡的一生中需要这样的伴侣，一个遮风挡雨的店面，一种侠骨柔情的剽悍。终于有一天，他向她表露了爱意。

"她什么都没说，就对我笑笑。"飞机头苦恼地说，"然后她说这里生意太差了，她要搬走。"

"你可以跟她一起走，成为一个租书店的小老板。"大飞说。

过了几天，飞机头又在新华书店被人活捉了。这次他偷了一本叫《复活》的书，那个狠老师去领人，本来想再打他几个耳光的，发现他已经被书店的男职工打过一次了，就没说什么，把他带了回来。路上，狠老师问他："你到底偷了多少本世界名著？"飞机头说："三五十本吧。"狠老师说："你有这个本事，为什么不去抢银行？你去抢银行吧，这样我就省心了。"

于是，第二天中午，我们一伙人在操场上被陆莉莉拦住了。陆莉莉说："李俊尧呢（飞机头的本名）？"我们说，不知道，他大概又在马路对面。陆莉莉很生气地说："他为什么又要去偷书？为什么？为什么?"她生气的时候所有的哨牙都在脸上露着,太吓人了。

大飞说:"这不能告诉你。"

花裤子说:"你知道了会发疯的。"

我说:"其实你早该知道了。"

陆莉莉扑过来像是要啃西瓜一样揪着大飞的脑袋说:"快告诉我!你们难道想看着他被开除吗?要不是我求情,他已经被开除了!"

我们面面相觑,她说得没错,如果任由飞机头这么偷下去,他迟早会因为这件事而倒霉,不仅是开除,有可能会劳教。我们的圈子里会出现一个因为偷书而劳教的白痴,这件事说出去没人信的。于是,大飞把所有的事情都说了出来:飞机头爱上了对面开书店的女孩,他去书店偷书,是为了给那个女孩输送新鲜货物……可怜的家伙,他不知道自己在干什么,他爱上了她。

不出意料,陆莉莉气疯了,陆莉莉从一个书写"心远地自偏"的女人忽然变成了怪兽,我们认为这是出于妒忌。她揪着大飞,一直揪出校门。我们这些人在后面自动跟着她,来到书店门口。飞机头正在店里,这么多人闹哄哄地过来,动静很大,他一下子从书店里跳了出来。

陆莉莉指着女孩说:"他为了你去书店偷书,你知道吗?"

那个女孩,她本来很平静的,她不知道发生了什么,她精致的五官忽然变得沉重起来,用诧异的目光盯着飞机头。在陆莉莉的吵闹声中,我听见她用很轻的声音说:"怎么你会是个小偷?"

陆莉莉说:"他为了你,偷了二三十本书,被书店抓到过两次。你别假装不知道,我认为这就是你唆使的。"

女孩说:"不,我不知道这件事。他拿过来一些书,说都是家里看过了不要的。"

陆莉莉说:"偷来的书都是新的,谁会把新书送给你?看看你店里的书,哪一本是新的?除了这些偷来的。"

飞机头拉着陆莉莉说:"你别说了。"

女孩对飞机头说:"我明白了。我讨厌偷书的人,我把书都还给你。"

飞机头歉意地说:"让我解释。"

女孩望着她,在那一瞬间她似乎是真的原谅了飞机头。像他那么帅的人,一脸懊悔,不断地摇头,置陆莉莉于不顾,的确很值得原谅。女孩走过来拉了拉飞机头,说:"到店里来说。"这时,我们那位狂暴的陆莉莉,她搡了女孩一把,直接将其搡进了店里。

"你让他变成了一个小偷!"

这时我们大笑起来,我们起哄:飞机头,夹在两个女人中间的日子不好过啊,你完了,最好先跟陆莉莉解释清楚,不然她今天肯定拆了这家书店。

陆莉莉诧异地看着我们,她忽然明白过来,然后举起巴掌照着飞机头的脑袋乱打。打完了,她叉着腰,拎着飞机头的耳朵说:"现在,你告诉这群王八蛋,还有这个开书店的小骗子——我是你的什么人?"

"她是我的表姐——"飞机头大哭起来。

于是我们看到那个女孩反身走进书店,我们没有一个人看清她的脸色，有一瞬间她是彩色的，但当她走进去之后，就恢复了那种灰色。在灰色之中，你是很难看懂一个人的表情的。过了一会儿，那些新书，那些偷来的、没人看的书，一本一本，像抢食的鸟儿一样从书店里飞了出来，最后，她砰的一声关上了门。

那以后飞机头再也没去过书店，学校对面的书店，新华书店，任何其他的书店，他都不再踏入。而陆莉莉，现在我们都知道了，哨牙表姐是很不好惹的，她栖身于学校角落里的某一处，像某种隐蔽而凶猛的动物，一旦出现，就会色彩斑斓。

化工技校图书室的盗窃案发生在六个月之后，那时，学校对面的书店已经关张，搬到别处去了，没有人知道那女孩的下落，没有人跟她熟。而那起盗窃案是如此的蹊跷：星期天的晚上，窃贼从墙头翻进来，用钥匙打开了图书室的门，搬走了大概三百本书。根据地上的痕迹分析，这些书是被分别打包，扔出墙头，窃贼又锁好了门，翻墙出去。人们估计有至少两个贼在干这件事，而且他们应该有一辆黄鱼车，不然搬不动这么多书。可恶的窃贼在图书室里还吃了个橘子，把橘子皮扔在了桌子上。学校的门房老头完全没有听见动静，那是冬夜，他睡得太死，就算听见了动静他也不愿意出来管闲事，说不定会被人干掉呢。星期一的早上，陆莉莉开门进去，她一下子吓呆了，反身跑出去报警，在过道的砖头上绊了一下，嘴巴摔在另一块砖头上，磕掉了半个哨牙。

这件事有人怀疑是飞机头干的，但是我们可以作证，星期天的整个晚上，他都在和我们打麻将。唯一令人不解的是：他输了不少钱，但他一直在笑，一直在笑，一直在笑。

刀 臀

刀臀

每当我想到自己的十七岁，除了大飞、花裤子、飞机头这几个亲密混蛋之外，除了那些姑娘之外，还有一个人总是会被记起，那就是刀把五。我之所以记得他，并不是因为和他有感情，也不是因为他欠了我的钱，而是他傻。这辈子我遇到的傻犍够多了，他们全部加起来，晒一晒榨成汁，其浓度还是比不上刀把五。

他一直以为自己的绰号是"刀疤五"，出去泡女孩，他会叮嘱我们一定要喊他的绰号。因为这个傻瓜的学名非常土，土得我都不想说，一说出来就会让女孩们笑翻。他喜欢这个绰号，但他并不知道，"刀把五"是个围棋术语，它代表着一种死棋，会被对手点死的那种。

最初只有一条刀疤，在他手背上，他喜欢这条刀疤就像可可喜欢她的珊瑚手串。他对我们吹嘘说，这条刀疤是他初中二年级时，在一起斗殴中留下的纪念品，对手是一个成年的老流氓，他虽然没有打赢，但也把老流氓的鼻子打破了。他还说，老流氓拿出了一把匕首，企图割开他的颈部大动脉，他用手挡了一下，如果不是这一下他就会死掉，动脉里的血一直喷到屋顶上去。

每当他讲起这一刀的时候,我们都很害怕。我们怕挨刀子,虽然我们是技校生,每天在外面惹是生非像十三太保横练一样刀枪不入,但这只是一种猜测,一种恶意的幻觉。我们也是凡人,练好腹肌是为了对付女孩,而不是刀子。

而我们的刀把五,他不太一样,他真的不怕。他说自己是个嗜血的男人,喜欢身上有疤。有一次他和大飞在教室里吵了起来,他一拳打碎了窗玻璃,大飞早就跳到窗台上去了,像壁虎那样打算往天花板上爬。刀把五说:"大飞,我要杀了你!"举着受伤的右拳,那上面全是他自己的血,他舔了一口。大飞彻底认输,大喊:"把这个疯子拉走拉走!"

第一个学期体育课,跑八百米,刀把五跑了全班倒数第一。我们班四十个男生,连最孱弱的昊逼和小癫都赢了他。幸亏没有女生,否则他会输得更难看。后来我们知道刀把五是个平脚底,而且他腿短,这让我们笑了很久。嗜血的男人,是他妈残废。尽管他举着那只有疤的手,在高年级女生那儿晃悠,表示他也是个可以依赖的男人,但是他腿短,腿短腿短腿短。谁会喜欢一个腿短的杀人狂呢?

我们最钟爱的学姐可可,她属于另一个小集团,她不太和我们玩。这完全可以理解,她进化工技校,首先被高年级的男生玩一轮,然后这帮人毕业了，她被本年级的男生玩一轮，本来没我们这一届什么事，但是上帝作证，我们这届没一个女生，四十个男人啊，他妈的每到下课时，女厕所冷冷清清的，男厕所里挤满了人。这正常吗？我们泡可可简直天经地义，不然我们去泡女老师好了。

轮到我们手里，可可已经被玩过三轮了。大飞十分看不上可可，说她是破鞋。为了这句话，刀把五又要和他拼命。我也觉得这么说可可不太好，在我看来她是个骄傲中带有温柔的调皮小姐姐，"破鞋"这种称谓太过时了，况且大飞并没有泡上她呢。

她那串珊瑚手串是红色的，在她的手腕上，冷不丁看上去像血痕，以为她割脉了。她并不经常戴，只有在心情很好的日子里，它才会出现一下。如果是夏天，她穿着短袖连衣裙，它会显得非常醒目，让女人发狂。如果不是夏天，她穿着长袖的衣服，它会若隐若现，让男人发痴。有一次我们在一起玩，我想摸一下手串，她竟然急了，要抽我。这时刀把五跳了过来，揪住我脖子警告道："记住，永远不要染指可可的手串。"

我去他妈的，他竟然用了"染指"这个词。

可可说："刀把五，过来，我给你摸一下。"

大飞阴阳怪气地说："摸哪儿呀？"

于是刀把五又冲过去和大飞打了起来。我不得不说，虽然刀把五是个满嘴脏话、四肢发达的混蛋，但他对可可是真心的，奉为女神一样。后来大飞说，他妈的，什么女神，最多是个手淫女神吧？这话要是让刀把五知道了，大飞真的会死掉。

我一直记得轻工职校和我们班之间发生的那场斗殴，就是因为我们在街上看到两个该校的学生调戏可可。为了拯救她，为了让她知道自己已经轮到我们手里，我们全都扑了上去，企图打扁那两个倒霉蛋。但是我们还没来得及动手，刀把五已经抡起砖头，把其中一个打得满脸开花，并且让另一个跪在可可面前，用欧洲绅士的方式道歉。可可吓疯了，说这要闯大祸。第二天一百多个人冲进我们学校，见一个打一个，凡是不走运的都被揍了。

刀把五也被揍了，他满脸是伤，挨了一个处分。然后他放出话来，要找两百个人去踏平轻工职校。那个时候，可可已经不打算和他有任何瓜葛了。

"他到底是什么人？神经病吗？"可可问。

"他就是这样的，内分泌失常，控制不住自己。"飞机头说，"他以为自己是个英雄。"

"他会给我惹大麻烦的。"可可嚷道，"他说为了我他连大出血死掉都不怕！"

飞机头从来不信这种话，飞机头说："喊，我只见过大出血死掉的女人。"

可可走了。我们都不以为然，觉得刀把五坏了事，反而是大飞说："刀把五固然是个傻×，但他毕竟为了可可挨了一顿打，如果没有我们救可可，她在街上就被人摸了胸，现在反过来说刀把五是神经病。我觉得这个女人才是个神经病。我对她失望极了。"

后来刀把五也没找到两百个人,他狂暴起来一个能顶两百个,他为什么不独自冲到轻工职校,单挑所有人,然后大出血死掉?这样可可就会永远记得他。这样他就活在可可心里,永远十七岁,或者变成她珊瑚手串上的一粒珠子,永远血红色。

在狂暴或倒霉的日子里也会有风平浪静的时刻,有那么几个月,周围既没有暴徒也没有女孩,我们就只能打打麻将,聊以度日。打麻将的时候我们会谈起闹闹啊,冰冰啊,闷闷啊,这些女孩,但我们不谈可可,免得刀把五发狂。

打麻将我们通常都在大飞家里,后来有一天,刀把五邀请我们去他家。其实他不太会玩麻将,他连电子游戏都搞不来,任何玩的东西他都不太擅长,除了玩命。为了照顾他的自尊心,我们还是去了。

在他家里,我们遇到了他的爸爸,一位钳工,胳膊爆粗,长了个菜刀头。我们私下里就喊他菜刀头。菜刀头很热情,不但招呼我们开桌玩麻将,还给我们一人发了一根红塔山。他也不会打麻将,在一边看着,感受到自己的儿子很有号召力,他也很得意。后来发现我们是真的来钱的,他生气了,很严肃地告诉我们:"青少年不能赌博!"

"青少年不能干的事情多啦,也不能抽烟啊。"我说。

菜刀头说:"抽烟嘛,你们迟早都得学会的。但赌博是不允许的,就算你们结了婚,你们的女人也不会同意的。"

我们就说:"叔叔,行了,我们不来钱了,随便玩玩。"

菜刀头说:"你们要学好。"

我们说:"是的是的叔叔。"

刀把五出去买啤酒,我们就一边打麻将,一边和菜刀头谈论着青少年道德品质的问题。我也搞不清菜刀头的观点,一会儿他怂恿我们抽烟,一会儿他说打架是流氓行为,一会儿他又说如果刀把五在外面为非作歹,他就打死这个独养儿子。我们越听越不明白,后来我们都认为,刀把五的神经质是从菜刀头那儿遗传的。

我们说起了刀把五手上的刀疤,一方面是夸奖他勇猛不怕死,另一方面也提醒一下菜刀头,他儿子并不是什么善类。谁知道菜刀头大笑起来。

"那一刀是我砍的!"

"什么?"我们一起大喊起来。

菜刀头说:"他念初中的时候,有一天旷课,我抡起菜刀砍在他手上。就这样喽。"

飞机头摇头说:"我从来没听说过老爸用菜刀砍儿子的。"

菜刀头说:"那次我气坏了。中学生是不可以旷课的,对吗?他念小学的时候成绩很好,我本来以为他能考大学的。可是他旷课,只考上了化工技校,以后他也会是个钳工。"

大飞说:"你现在还提小学时候的事情干吗呢?我小学时候还是班干部呢。我们所有的人,将来都会是钳工。"

这时刀把五回来了,他抱着一箱啤酒,听见了菜刀头的埋怨。他放下啤酒走过来,隔着麻将桌瞪着菜刀头。菜刀头浑然不觉。我说:"原来你手上一刀是你爸砍的,你骗我们不要紧,怎么能骗可可呢?可可是你最欣赏的女人啊。"这时大飞站了起来,很识趣地退到一边。我一看刀把五的脸色,也赶紧往后面退。刀把五已经扑向菜刀头,隔着麻将桌,骂了二百多声操你妈。菜刀头大怒,抡起凳子照着刀把五脑袋上乱打。麻将像焰火一样四处溅开,我们一会儿劝刀把五,一会儿劝菜刀头,后来他们一直打到了阳台上。很显然,刀把五长大了,他完全可以对付菜刀头。我们退到后面看热闹,直到刀把五真的把菜刀头揍趴下,飞机头才说:"我从来没见过儿子敢这么打爸爸的。"

糗事传千里,而且是一日之间。每个人都知道,刀把五的刀疤,是他爸爸砍的。可可坐在儿童乐园的木马上,吃着冰淇淋,笑得前仰后合。可可说:"你们这个年纪的小男孩哪,最爱吹牛皮。"

刀把五背着书包来上学,看到无数异样的、嘲笑的目光,他什么都没说。这次他不打算和任何人打架,也找不到人可打。他抚摸着手背上的刀疤,坐在窗口喃喃地说:"我会让你们知道厉害的。"

于是可可继续笑，笑得从木马上掉了下来。

两个月后，有四个女流氓来到化工技校门口，她们也吃着冰淇淋，她们中间有高的矮的、胖的瘦的、好看的难看的。好死不死，可可戴着她的红珊瑚手串，背着书包上学，在离学校五十米的一条窄巷里遇到了四个女流氓。那些人揪住她，问："你就是可可？"

可可说："我不是。"

那四个女流氓说："放屁，你都戴着红珊瑚手串了，你还不是可可？"她们一人给了可可一个耳光，然后从她手腕上撸下了手串，扬长而去。

我们看到可可的时候她已经哭得快要断气，她像个念幼儿园的小女孩，蹲在地上发抖，说起话来两只手连同肩膀一起疯狂甩动。

"她们抢走了我的手串！"

飞机头说："她们就是冲着你的手串来的。"

可可说："我认识其中一个人，她就是纺工职校的司马玲！"

一听司马玲我们全都噤声了。这是一九九〇年最让人胆寒的名字，她的爸爸被判了死刑，她的哥哥是劳改释放分子，她身后的男人有一个加强连，全是流氓，战斗力超过了海豹突击队。她带两个女生冲进化工技校就足以踏平我们所有人，因为我们学校最狠的那个大哥，是司马玲的忠实拥护者。我们从地上扶起可可，安慰了很久，她总算不哭了，但她提出了很过分的要求。

"你们帮我去把手串抢回来。"

我们面面相觑。大飞说："如果在其他女人那儿，我能给你抢回来。如果是司马玲……"

飞机头说："我不敢。"

我说："我也不敢。"

花裤子说："报警吧。"

可可说："你们这群尿人。如果刀把五在就好了。"

刀把五不在。那阵子菜刀头在工厂里出了点事故，行车上有一个吊件飞下来，砸中了他，把个菜刀头砸成了锅铲头，他颅内积水，快要死了。刀把五天天在医院照顾他呢。

一九九〇年那会儿，我们有一个奇怪的规矩，无论发生什么事件，只要不是强奸杀人烧房子，就不能随便报警。因为报警就意味着你退出了江湖，以后你最好参加高考，去做一个文静的大学生。更何况，哪个派出所会为了一串珊瑚手串而出警呢？除非所长是你爸爸。我们围着可可，商量了很久，最后她没了耐心，把我们一个一个痛骂过来，说要找她的同班男生去解决问题。我们表示同意，那些男人比我们大一岁，他们的战斗力会稍强些，但他们敢不敢去扒司马玲的皮，我们也觉得不那么乐观。

为了这串手串，我和飞机头去了一趟旅游品市场，那儿有大量的珊瑚工艺品。我们看到了大量的白珊瑚，有的做成假山，有的做成笔架，但我们没有找到红珊瑚，也没有发现手串。店主说，这种东西还蛮少见的，可能是港台过来的货色，就算有，你们也买不起。

我想想也对，要是满大街都能买到，司马玲这种大佬又何必来抢可可呢？

　　我和飞机头郁郁寡欢地往回走。我觉得我们真的很爱可可，虽然没法为她抢回手串，但愿意出钱给她买一条，也算尽心了。我们顺路去了纺工职校，在那儿看到了司马玲，她独自坐在操场的司令台边，风吹着她的长发，她显得沉静而又优雅，完全不像是个女煞星。那串红珊瑚手串，那么醒目地，挂在她手腕上，非常耀眼。我们要是冲过去给她一砖头，就能抢回手串，赢得可可的芳心，但不能这么干。司马玲也很美丽，她像可可一样美，我们不能打一个美丽的女孩。

　　刀把五出现了，他手臂上戴着黑纱。菜刀头死了。
　　"节哀。"我们说。
　　刀把五说："以后没人管我了。"然后他就知道了可可的事情，他说："这事儿先放一放。"
　　我们表示理解，说："是的，你别管了。你爸刚死。"
　　我看不出刀把五有什么哀痛的，他像往常一样上学下学，阴着脸，摆出很酷的样子供人观赏。花裤子说，刀把五的沉默说明他还是很哀痛的。但大飞说，刀把五从那次打麻将以后就一直沉默。
　　可可来找刀把五，当着他的面把我们几个都损了一遍：大飞是尿包，飞机头是尿包，花裤子是尿包，路小路是尿包。说得我们无地自容。

刀把五笑了笑，笑得很残酷，说："我知道了。"然后他就走了。

可可说："刀把五也是尿包。"

红珊瑚手串事件并没有结束。可可快要过生日了，她筹备已久的生日派对，届时她要穿上最漂亮的衣服，配她的手串。可可找了她班上一个蛮威风的男生，绰号叫老虎，是她的追求者，单枪匹马跑到纺工职校去交涉。老虎说，可可愿意用一百块钱买回手串，另外再送给司马玲一串珍珠项链。司马玲给了老虎一脚，又拍拍他年纪轻轻就胡子拉碴的脸蛋，说："明天陪我去看电影吧。"就这样，连他妈的老虎都被司马玲抢走了。

过了一个星期，可可那个惨淡的生日派对在一家小舞厅里搞起来了，很多人都没来。舞厅破旧不堪，球形激光灯已经不转了，卡拉 OK 里都是些过时的老歌。可可要求我们每个人带三瓶啤酒，她以为我们班会去上最起码二十个人，可是只有我和飞机头到场。我们喝着自己买的啤酒，看着可可逐渐发绿的脸，这时，刀把五来了。

他从裤兜里掏出了红珊瑚手串，对可可说："我帮你抢回来了。"

他是这么干的：下午溜进了纺工职校，认准了司马玲，然后缩在角落里等着她落单。黄昏时她果然落单了，像我们上次所见那样，独自来到操场上吹风。这时刀把五走了过去，吹风的司马玲很美丽，但他一点没有怜香惜玉，一把叉住她的脖子，从她手腕上撸下了红珊瑚手串。司马玲挣扎了一下，刀把五揪住她的头发，把她放倒在地，然后撒腿狂奔，越过围墙，连自行车都没敢回去拿，一直跑到了舞厅。

我们看着手串，等着可可伸手去拿，给予刀把五最大的奖励，也许会吻他一下。可是可可比我们想象的更聪明，她说："完了，你死定了。"这时从舞厅的前门后门各涌进来七八个男人，他们揪住了刀把五，暴打一顿之后把他按在桌子上，他直接趴在了可可的生日蛋糕上。其中一个男人拔出一把弹簧刀，像切蛋糕那样插进了刀把五的左臀。

那天我只记得刀把五的惨叫，以及可可的尖叫。等到这些面容模糊的男人消失之后，刀把五还趴在蛋糕上，可可的叫声还没有停下来："刀把五，你把我的生日派对搞砸了！"

红珊瑚手串后来消失了，既没有归可可，也没有归司马玲，它在混战中不知去向。也许是被某个混蛋顺走了，而它确实也不再重要。

那时我们谈论过各种刀法。我知道有人被一刀捅穿肚子之类的故事，那太凶残，更多的时候，故事是温情而令人发笑的，比如某个倒霉蛋在打架的时候被人捅了屁股。你知道，那些擅长使刀的人，他们并不会愿意为了哪个无名小卒就把自己搞成杀人犯，他们只捅屁股就够了，有时捅屁股也会闹出人命，比如不小心挑穿了股动脉——这没办法，毕竟是流氓，不是外科医生。

刀把五没死，他屁股上插着刀子一直送到了第二人民医院。医生问怎么回事，我们说他不小心坐到了刀子上。医生说，呸，我不知道这是被人捅的吗？手术以后，刀把五坚持让医生把弹簧刀还给他，自此，弹簧刀就一直在他书包里了。

化工技校89级机械维修班最耀眼的明星、煞星、丧门星就此诞生，他就是刀把五，他身上拥有实打实的两条刀疤，都很吓人。他爸爸砍的那条在手上，另一条因其在隐秘的位置，不太好拿出来示人。在特定的时刻，比如我们谈到可可，他仍然会露出一种奇怪的神色，仿佛骄傲，仿佛忧伤，然后举起他的手，注视着自己的刀疤。大飞会一再提醒：拜托，属于可可的那条疤在你屁股上。

有一天，老虎也过来凑热闹。老虎打趣说："刀把五，可可现在看见你怕死了。因为你太勇猛了，你居然敢打司马玲，你再这么搞下去，可可会遭殃的。"刀把五看着老虎说："你说说，我们到底谁是孬包。"老虎很生气，说："好吧，我孬包，我们都是孬包，只有你不是。这总可以了吧？但是你不要再去给可可惹麻烦了，红珊瑚手串已经没了，可可不想为了它被人砍一刀。"

甚至是司马玲，她都托人送来了两百块钱，算是汤药费。因为司马玲听说这是个不要命的货色，她也担心哪天落单了被他在屁股上捅一刀。她毕竟是个女人嘛。刀把五收下了钱，低声说："我是不会用刀子去捅女人的。"

大飞说:"拉倒吧,抓她头发的就是你。你还以为自己是骑士了。司马玲比可可上路多了,而且更漂亮。"

刀把五说:"我只喜欢可可,是她让我去抢回手串的。"

大飞冷静地说:"她让你抢回手串,但并不想把火烧到自己身上。也许你应该在操场上就杀了司马玲,把手串交给可可,这样你去挨枪毙,跟她一点关系都没有。你愿意吗?"

我们整天游荡,无所事事。我们围聚在少女可可身边的日子一去不返,她很快就去了溶剂厂实习。后来我们认识了很多女孩,马路少女闹闹,纺织中专的闷闷等等,她们取代了那个冷酷心肠的可可。刀把五有时也会参与进来,但他不太受少女们的欢迎,以前他嚣张而热血,自从挨了那一刀之后,他变成沉默阴鸷,没人对他有好印象。有一天我们说到刀疤,闷闷说你们都是厌包,没人真的挨过刀子。大飞就把刀把五的故事说了一遍。闷闷说:"屁股上有刀疤还真他妈的挺难办的,以后只能威风给他老婆看了。"

这故事差不多就结束了,其实还没有。那年秋天,我们的可可在实习五个月之后回到了化工技校,她挺着一个微微隆起的肚子,怀孕了,而且不打算要打胎的样子,于是她被开除了。她幸福地笑着,拿了开除通知书,从我们的眼前走过。我们喊她:"嗨,可可,孩子爸爸是谁?"她笑而不语,兀自前行。有一个化学老师指着可可骂:"贱货。"

她也没有回头,就这么走了。我看到刀把五轻轻地叹了口气,啥都没说。第二天晚上化学老师在一条小巷里被个蒙面人捅了一刀,捅在屁股上,也没人知道是谁干的。

十七岁送姐姐出门

十七岁送姐姐出门

我们从硫酸厂溜出来,沿着门口那条破碎的柏油路,一直走到312国道口。这里有一个急转弯,著名的杀戮之地,每个月都会有骑自行车的人被过往的卡车撞死,或者压得稀烂,变成社会新闻。每当我们走到这里,都会感到风特别大,即使在这个阳光炽热的夏季仍然有一丝凉意,仿佛那些鬼魂压根就没离开过,仿佛他们成堆地飘荡在空中,唏嘘着,抽泣着,或只是冷冷地瞪视着我们。

三个月前,我和大飞一起进了硫酸厂实习。身为戴城化工技校89级机械维修班的学生,我们很清楚,硫酸厂是个什么样的鬼地方。这里很脏,这里很大,这里很荒凉,但它的效益还真不错。在我十七岁的时候,人们总是使用"效益"这个词,而在此后的那些年里,那些热门的词会消失掉,仿佛他们从未使用过也从未在乎过,这真是奇怪。

扬尘迎面而来,大飞连吐了两次口水,阳光照得人想死。我表姐庄小雅就坐在大飞的自行车书包架上,本来应该是我驮她的,但我的书包架上次被车间主任张小栓给拽坏了。我失去了好几次驮女孩的机会,我应该杀了张小栓。

大飞可喜欢我表姐了。我们头一天来到硫酸

厂时，我说我表姐在这里下基层干苦工，大飞嚣张地说："让我们去把她救出来。"我在这路口被沙子迷了眼，停车揉眼睛，大飞继续嚣张地说："你要是停下，你就永远得在这里揉眼睛。"扬尘也是这么吹进了他的嘴巴，他被呛住了，像是被鬼魂掐住了脖子。接着，我们来到厂门口，小雅已经在那儿等了我很久，她身材娇小，剪了个短头发，穿着肥大的工作服，两肩挂着，高高地挽起袖子，像个革命少女。我找她要了块手绢擦眼睛。大飞对小雅简直是一见钟情，他把手绢接了过去，谄媚地喊了声姐姐。

"你怎么用我的手绢擦鼻子？"小雅非常不满。

于是这块手绢就归大飞了。大飞追姐姐真是太有一手了，他十六岁就在舞厅里陪老女人跳舞，挣点外快，但是我并不想让他成为我的表姐夫，这太可笑了。

我对大飞说，我表姐是戴城大学的应届生，她本来应该去什么机关里看报纸喝茶的，但她运气不好，进了这个倒霉的硫酸厂，第一年下基层。大飞说，她是干部，会调进科室的。我说不一定，谁他妈知道明年会发生什么呢，她们运气都不大好。

"她爸爸妈妈是做什么的？"大飞继续追问。

"说出来吓死你，他们大前年就去美国了，留下我表姐一个人在戴城瞎混。"

"为什么她不去美国？"

"因为她年纪大了,超过十六岁,签证办不下来。"我说,"美国人规矩太大了,说不给签就不给签。"

"我表姨也在美国,她说她再也不用回来了,可高兴了。"大飞点起了一根烟,他喜欢在硫酸厂里抽烟。

于是我们遇到了张小栓,他是硫酸车间的主任,他揪住大飞的衣领,先是把他嘴里的香烟拔了出来,扔在地上踩扁,然后破口大骂道:"你这个傻逼为什么穿着火箭头皮鞋在厂里游荡?"

"因为劳动皮鞋硌脚。"大飞胆战心惊地说,"我的脚型只适合火箭头皮鞋。"

"换上你的劳动皮鞋!"张小栓继续吼,大飞低头哈腰一溜烟跑了。

我的自行车书包架也是张小栓拽坏的,我在厂区骑车,他发现了,这事儿和他没有关系,应该是劳资科管的,但他觉得他是车间主任有必要管一管,就冲过来拽我的车,我他妈的差点摔死。我决定找机会卸了他。

那一年我们班所有的同学都散落在戴城的化工厂,参加学校安排的首轮入厂实习,仿佛第一次进监狱。他们在橡胶厂、炭黑厂、糖精厂为非作歹,打伤了好多人,像一群发疯的暴徒,没有人可以制止他们。但是天哪,只有我和大飞流落在这遥远的硫酸厂,这个到处弥漫着烧焦的糖醋鱼的气味的倒霉的地方。

那时候,我们到硫酸车间去找小雅,她费劲地拖着一袋原料,向反应釜那儿移动,没有人帮她。灰黑色的车间里,蒙尘的玻璃几乎已经不透光了，白班和夜班没什么差别，到处都是管子，空间逼仄，像一艘潜艇，在深海中航行着。它究竟要去哪里，它何时沉没，没有人知道，你看到的只是管道，听到的只是嗡嗡的声音，仿佛它没有前行，而它确实没有前行。

我们想帮她。她说，不用。她仍然拖着一袋一袋的原料在车间里移动。我们坐在女更衣室门口等她。大飞看看女更衣室，说那板壁的缝隙够伸一只手进去了。然后，等小雅回来，我们就指给她看。

小雅说："我换衣服的时候会关灯。"

可是那有什么用，我们都知道有流氓打着手电筒朝里看，也或者他们并不看，只是打着手电筒吓唬她。那种情况通常发生在夜班，我和大飞实习只上白班，我们保护不了她。

我们在硫酸车间待久了，张小栓又会走过来问："你们两个傻逼在这儿干吗？"这时我们就必须低头欠腰，做出很低贱的样子退出车间，而我的表姐小雅，她并不害怕，她只是扭过头去不看张小栓，目光注视着黑色的玻璃窗，那外面仍然是管道。她那样子太高傲了。

大飞可喜欢小雅了，有一次我们去了她家。我表姐的闺房从来不给人进去的，但大飞进去了，他看到了墙上的一张照片，全是女生，挤在一堆微笑，因为失焦，她们笑得非常模糊，非常梦幻，非常固执。照片的背景是一幢漂亮的大厦。大飞问这是哪儿，我说这是上海，那背景叫中苏友好大厦。

小雅给大飞削了一个苹果，她打开录音机，放磁带给我们听。那首歌叫《别在窗前等我》，我记得特别清楚，"别在窗前等我，从来都是百里红尘不醒归路"。有时候，硫酸车间的一个男工也会哼这首歌，他叫奚志常，我们猜到奚志常也喜欢小雅。

奚志常太瘦了，身上所有的关节都凸着，牙齿也不大好，双目深深地陷入眼眶，显得深情而阴郁。奚志常经常蹭到小雅身边来，他说她的名字来自《诗经》，而他念的是中文系啊。天知道，为什么中文系的傻瓜会出现在化工厂里，为什么他在当操作工。可是小雅并不讨厌他，也许他是这个厂里唯一能和她谈点文学的人吧，他们这些人都爱谈文学。

张小栓会指着奚志常说："瘦子，去拉原料。"他从来不喊奚志常的学名，好像这个车间里所有的工人都不配拥有名字。有一次他喊小雅的绰号，这个绰号是他想出来的，小雅没有理他。张小栓就对奚志常说："中文系的，你过来，你想想看叫她什么好。"奚志常说："张主任，她叫庄小雅。"张小栓说："好吧，来，背一背四项基本原则给我听听。"

我们也在小雅家里遇到过奚志常，他显得更瘦了，他哀愁地看着墙上的照片。大飞一点也不喜欢他，大飞说奚志常你好像很厌啊，我们来策划一下怎么弄死张小栓吧。奚志常吓了一跳，说这么干是犯法的，会被送去劳教。大飞又表现得很狂妄，他说弄死一个人不需要让派出所知道。奚志常说："可是派出所总会知道的，没人能逃过法律的制裁。"

事实上，不管法律制裁不制裁，我们都没有更好的办法。我说了，硫酸车间就像一艘潜艇，如果你把船长弄死，这艘船据说就会沉掉。其实它不是潜艇，但你以为它是潜艇，你根本没有那个同归于尽的勇气嘛。

奚志常对大飞说："你不要出馊主意了，我见过你这号的，出了事儿你跑得比谁都快。"奚志常也不喜欢大飞。

后来他说，在这个世界上他不喜欢任何人，他只喜欢小雅。我想他非常深情，我学了这句话泡到过好几个女孩，直到连我自己都惭愧了，而小雅并没有和奚志常在一起，她只想去美国。

我表姐是个非常文艺的人，她跟她爸爸一样热爱俄罗斯作家的小说，能背出很多超长的名字，全都是叽里咕噜的。好多年前，别人家挂的是中国地图，她家挂的是苏联地图。她会拉小提琴，会唱冰雪覆盖着伏尔加河，唱歌的样子十分忧伤。可她爸爸最终选择的是美国。这当然无可厚非，美元比卢布有劲多了，而那些俄罗斯小说，都留在了家里，一本也没带走。

奚志常找她借书，借的就是《复活》。大飞说："奚志常是中文系毕业的，他不可能没看过托尔斯泰的书，他纯粹找借口勾搭小雅。"我非常惊讶，我不相信大飞会知道托尔斯泰，大飞是个粗人，并且他津津乐道于自己的粗鄙，从来不会为此惭愧。后来他承认，为了喜欢小雅，他也凑到了那些发霉的书脊前面假装高深，尽管他看了《复活》立刻就会睡着，但他还是坚持着把托尔斯泰和普希金的名字背了下来。

有一天中午张小栓走进车间，大家都在吃饭，张小栓看见奚志常拿着一本《复活》，就说："车间里不许看书。"奚志常还没来得及争辩，这本书已经到了张小栓手里,他用力翻了翻,在扉页上看到了庄小雅的签名。

"到底是你的还是庄小雅的?"张小栓问。

奚志常说:"主任,我只是把这本书拿在手里,但我并没有看啊。"

张小栓说:"我是很公正的,我没收了一本书,就只能扣一个人的奖金,不能两个人一起扣。这本书是谁的?"

奚志常说:"是我的。"

张小栓走了以后,奚志常被气哭了,满车间的人都一边扒拉着饭盒里的米粒,一边对着他哈哈大笑。后来小雅走了进来,奚志常哭得更厉害了。

第二天小雅是早班轮休,奚志常跑到新华书店,买了一本崭新的《复活》,然后来到她家。小雅不在家,我和大飞蹲在厨房的酒精炉前面,正捣腾一锅方便面。

"奚志常,你是厌逼。"大飞头也没抬,就这么说了出来。

奚志常对大飞完全没兴趣,他只问我:"庄小雅呢?"

我说:"小雅去上海啦,她去办签证了。"

奚志常显得非常惊讶,问道:"为什么她要去办签证?"

"她每隔一段时间,就会去试着办一办签证。"大飞奸笑着告诉奚志常,"只要她办出签证,她就会永远离开这个鬼地方啦。"

奚志常想了想,认真地说:"如果她在办签证,你们嘴巴一定要牢靠些,千万别告诉厂里,她会走不掉的。"

在夏季来临之后，有一段很短暂的时间，硫酸厂的所有设备都需要检修，这时工人是不需要上班的，当然也不能闲着，厂里分配给他们的任务就是搞卫生，各种各样的卫生，你可以去冲厕所，可以去铲石灰，如果你实在无聊也可以去洗一洗煤球，看能不能洗白了。

检修时，一切停了下来，潜艇终于浮出海面，电弧的闪光在什么地方亮起，带着轻微的嘶嘶声。车间里那些年代久远的窗子在很高的位置上，窗玻璃上结着厚厚的灰尘和油泥，由上向下，由中心向窗框，分别有着不同层次的灰度递增。从很远处看，那里透出的光线十分美妙，有点像教堂，远处锅炉房传来的低频轰鸣甚至像风琴的声音，让你产生一瞬间的眩晕。

这时，工人们狂笑着拥了进来，检修季节就如同一个短暂的假期，他们终于可以不用担心产量和效益，终于可以不用像碉堡里的战士被锁在重机枪上，他们变得活跃了，一个一个，像年画上聪明健康的儿童般走了进来，手里拎着水桶、笤帚和拖把。现在他们要把这个狗地方打扫干净。

小雅分到的工作是用一摞过期报纸去擦干净玻璃。她吃惊地看着高处，大概直到此时才意识到，它们是可以被擦干净的，但这份活显得过于艰辛，这个车间里有三百六十块玻璃，等她全部擦净时大概检修期也已经结束了。她回过头招呼正在扫地的奚志常："去帮我到电工班借一把梯子。"

她踩着吱吱作响的竹梯，爬上去。奚志常非常担心，他扔下扫帚，走过去扶着竹梯。小雅说："奚志常，扫你的地去。"奚志常说："随它去吧。"他的头上落着簌簌的灰尘，但他快乐极了。这时小雅尖叫了一声，有一块玻璃掉了下来，它可能早就应该掉下来了，但你不去擦它，它是不会掉的。整块的玻璃从三米高的地方像砍刀似的飞下来，正落在奚志常的手臂上，他看了看手臂，玻璃斜着劈开了他的皮肉，立在那儿。血正在喷出来。奚志常咬了咬牙，对小雅说："你先下来吧，慢点。"

后来，保卫科来查这件事，奚志常什么都不肯说。他想不起来到底发生了什么，他失忆了，他不记得庄小雅曾经在梯子上站着。保卫科就说："如果这样，你就没法算工伤了，一切医药费都按正常的来，病假得扣奖金。明白吗？"

奚志常说："随你们的便。"

假如像硫酸车间的工人们猜测的，庄小雅会嫁给奚志常，那就大错特错了。庄小雅并不想嫁给任何人。有一天下午我和大飞去看她，发现她在收拾东西，把一件一件的衣服塞进了皮箱，又觉得不满意，一件一件再扔出来。奚志常手臂吊着，看着她做这些，一言不发。录音机里一直在放着歌。

大飞问："你要去哪儿？"

小雅说："签证办下来了。"

她可以去美国了。就像夏天的一朵乌云飘过来，飘到头顶，有时带来暴雨，有时它却慢慢地离去了，没有什么是确定的，但是当雨落在头顶的一瞬间你将无处可躲，曾经等待雨落下的时间将会立即灰飞烟灭，变得不存在，而暴雨和雷电在你的头顶，斩断了你的一切犹豫彷徨。

小雅指着屋子里的一切，对我们说："喜欢什么都拿走吧，我全不要了。"

奚志常和大飞真的站了起来，在屋里兜了一圈，两个痴心的傻瓜居然想到一块儿去了，他们分别要了两张小雅的照片。气氛变得有点伤感了。奚志常叹息说："真是为你高兴。"我姐姐拍了拍他的肩膀。这个动作让大飞嫉妒得想死。

在暑假来临时，我和大飞也将离开硫酸厂，回到学校里拿一张成绩单，然后流落到街头。我一想到暑假，就会心跳加速，我终于有时间可以追一追女孩了，我还没谈过恋爱呢，我想如果为心爱的女孩斩断手臂，不知道是悲惨呢还是幸福。

大飞说："可怜的奚志常，对他来说一切都结束了。"

三天后，小雅接到了劳资科的通知，让她去郊区参加一个封闭式培训，结业以后她就可以到车间里去做白班了。小雅把我带到了劳资科，这时我已经全身抽搐，口吐白沫，就差表演得更真实一点把尿撒在自己裤裆里了。劳资科长吓坏了。大飞奸笑着说："路小路有癫痫症，他经常发病。"

劳资科长说："真的吗？"

我说:"不不,不是,我是肚子痛啊,我好像是阑尾炎发作了。"

劳资科长对小雅说:"我问你真的是她表姐吗?"

小雅说:"当然!"

这时大飞已经快笑出声了,我躺在地上抽得就像跳舞似的。劳资科长挥挥手,对小雅说:"你去车间里请假,然后把他带走。"

小雅说:"恐怕来不及了吧。"

我大喊道:"好痛啊,快要死了。"我在地上打了个滚,差不多要用嘴巴啃住科长的鞋子了。科长跳了起来,又挥了挥手。这时张小栓出现在小雅身边,他疑惑地弯下腰,用脚踢了踢我。

"假装的吧?"

我实在忍不住了,这伙人比较没有人性,即使我是假装的,但以我目前满地打滚的样子他们也应该让我去医院,而不是像看宰杀牲口一样围观着我。这时我觉得自己的肚子真的痛了起来,我对张小栓说:"张主任救救我。"我试图往他腿上爬,这次,张小栓也跳开了,他同样对小雅挥了挥手,但是他又对大飞说:"你就不用去了。"

"张主任,是这样的——"大飞最后一次谄媚地对张小栓说,"我认为庄小雅根本没力气把路小路抬进急诊室。"

张小栓说:"那么庄小雅就不用去了。"

我骂道:"大飞是个连东南西北都分不清的傻瓜啊,他根本不认识医院在哪儿,他只认识舞厅。"大飞被我激怒了,他走过来用火箭头皮鞋照着我的肚子上踢了一脚,这次我真的惨叫起来,并且放了一个很臭的屁，把他们都熏跑了。

我们三个人走到硫酸厂门口时，大飞把我从他肩膀上扔了下来，我坐在地上喘了口气，然后告诉他，总有一天我会踢爆他的蛋。厂门口冷冷清清，铁门锁着，被阳光晒得滚烫，外面的灰尘簌簌地扑进来。我们推着自行车，小雅让门房老头开门，可是这个老头，他非常认真，他认真得可以去死了。他要我们拿出劳资科的出门证。

"没有，"我说，"我们没有这个东西。"

"那我就不能让你们出去。"老头说。

我们没法再回劳资科去开一张出门证，那会露馅。那个中午我们已经被自己的表演吓破了胆，再也不想回到厂里去了。我们求了很久，门房老头拒不开门，最后大飞失去了耐心，他从口袋里掏啊掏啊，仿佛是要掏香烟，然后走近老头。老头说："不要贿赂我。"大飞说去你妈的，照着老头的鼻子上打了一拳，把他从露天一直打到了传达室的小床上，那张床是老头长年累月睡觉的地方。天知道，为什么有人喜欢住在门房里。大飞骑在他身上继续乱打，然后从他口袋里掏出钥匙，打开了硫酸厂的大门，我们跳上自行车扬长而去。老头在后面大喊："我要报警，抓你回来。"

"老子去美国啦！"大飞快乐地喊了起来，这时小雅已经跳到了他的自行车书包架上。

正像这个故事开头所说的，一九九〇年的夏天，我们骑着自行车，穿过那条狭窄而破碎的柏油路，来到了312国道口。空气中弥漫着烧焦的糖醋鱼的气味，这种气味曾经长久地存在于小雅的头发里，不过我想她去了美国，就不会再这么寒碜了。我为自己的表姐高兴，我曾经非常喜欢她，尽管我一点也不了解她，甚至猜不出她此时此刻在想什么。公路边的草叶子上沾满了灰尘，无数卡车呼啸着经过我们眼前，只要穿过312国道，再过一座桥，前面就是小雅的家。我们顺利地逃出了硫酸厂，庄小雅将会奔向一个美丽新世界，而我将奔向一个无所事事的、充满冒险想象的暑假。我们穿过了国道，有那么一个短暂的片刻，我们三个人同时回望，看着硫酸厂高大的穹顶设备，那儿冒着白色的蒸汽，像云一样。我们几乎是被这个景象给惑住了，同时变得沉默起来。

我们提了行李，从小雅家里出来，听到急促的自行车铃声，那个悲剧性的男人奚志常追了上来。

"为什么你他妈的就不能留在厂里替我们打个掩护？"大飞吼道。

奚志常仍然吊着胳膊，单手把着自行车，他捏了刹车，然后歪歪扭扭地停在我们眼前。

"你们把门房给打了。"

"没办法，"大飞耸肩说，"最后一关总是要使用暴力的。"

"你们还嚷嚷要去美国。"奚志常说，"厂里已经知道了这件事，他们派了人四处在找你们。有一些干部正在找过来，还有一些往火车站去了，要堵你。"

我那位高傲的表姐，刚才还镇定自若，还带着去往美国之前的梦幻表情，瞬间就吓破了胆，她撒腿就跑，被我们三个人揪了回来。她都快哭了。

"我不能再回去了，他们会管住我的。我档案什么的全都不要了，这算不算潜逃？"

"这不算。"大飞说，"你又没犯什么事儿，你只是去美国。"

"可他们还是会管住我，他们以为我犯了什么事儿。"小雅一屁股坐在地上，"我要去美国，我要去美国，我要去美国。"

奚志常说："你立刻去上海，立刻。"

这时已经有两个鬼头鬼脑的干部骑着自行车出现在新村门口，数着房子上的号码，但是夏季的浓荫挡住了那些褪色的号码，他们只顾抬头看着。趁这工夫我们四个人一溜烟钻进了树林里，直到他们真的走进了楼房里，我们才蹑手蹑脚，搬着箱子，推着自行车，像贼一样跑出了新村。我们折返到了桥上，远处是312国道，天气非常热，再多站一分钟我都会昏厥过去，然而我们竟想不出应该怎么办。

小雅犹豫地说："我是不是应该躲几天，然后再去上海？"

奚志常说："不，我们都猜不到会发生什么。到国道上去拦车，去上海吧，庄小雅。"

那个夏天留给我最深的印象就是站在国道边，那是一无所有之地，周遭的一切都像是被阳光给轰炸过了，变得扁平，变得高光，公路上的卡车带来了仅有的一点气流，而它们屁股后面喷射出的汽油味让我倍感焦渴。我们像录像片里的美国人一样，在公路边伸出手，企图拦下一辆向东开去的卡车，但它们怎么可能愿意停下？这让我绝望，我想他们也很绝望，每当我想起那个夏天，这一印象就会从最深的地方跳出来：我们绝望地站在路边，对着卡车和灰尘，对着渐渐向西的太阳，伸出手，仿佛我们是沉入了沼泽，而虚空中会有一个人来拯救我们，我们无声地喊着救命，渴得眼泪都快流了出来。

下午两点多时，我们看见一批从硫酸厂下班的早班工人，骑着自行车从眼前经过。他们没注意到我们，但我们已然魂飞魄散。忽然，奚志常像是失去了理智，他扑向公路中央，张开右臂，企图拦住一辆摇摇晃晃开来的卡车，瞬间传来惊人的刹车声，砰砰砰的，但是卡车速度并没有减缓多少。它根本停不下来。小雅尖叫。我想奚志常真是疯了，爱她爱疯了。

当卡车逼近时，他才开始向后退，但是并不打算让路。那车一直向前趟了二十多米才停住，从驾驶室里伸出一个司机的光头，指着他大骂："奚志常我操你祖宗！"我们绕到车左侧去看，奚志常没事儿，而那个光头司机，原来是硫酸厂的小曹。

奚志常跳到卡车踏板上问："去哪儿？"

小曹说："去上海运货！操你祖宗！"

这下我们都乐了。奚志常说："帮个忙，把庄小雅捎到上海去。"

小曹说："你别以为我不知道，你们闹事儿了，厂里搞不清你们想干吗。"

奚志常说:"没什么大事儿,庄小雅要出国了,不想让厂里知道。"

小曹说:"出国就出国呗,你们居然还把门卫给打了。不过那个老家伙我早就看他不顺眼了,为什么不打死他呢?"

奚志常从口袋里摸出钱包,非常艰难地用一只手掏出了所有的钱,给了小曹,然后说:"把庄小雅安全地送到上海去吧,这儿的事情我兜着,绝对不会出卖你。"

小曹接过钱,说:"我怕什么?我早就不想干了,秋天我就辞职去南方跑货运了。我怕什么?你说我怕什么?"

奚志常笑了,"是的,你什么都不怕。"他从踏板上跳下来,绕到车右侧,打开了车门,让小雅坐到副驾上。大飞把她的皮箱送了上去。然后,奚志常为小雅关上了车门。

庄小雅温柔地说:"谢谢你,奚志常,还有大飞,还有路小路。"

我说:"你主要谢谢奚志常吧。"

庄小雅说:"我会永远记得你的,奚志常。"

奚志常抹了一把脸上的汗水,他像是发愣了,我也不知道他那种表情算是什么,也许是遗憾,也许是伤感。这时小曹大声说:"庄小雅,我一直暗恋你的,但是不敢说出来。能送你去美国,我感到非常荣幸。"他发动了汽车,奚志常忽然大笑起来。这辆运原料的储罐卡车摇摇晃晃地向东开去,两三个小时后,它将到达上海,但我感觉它是不会停下来了,我表姐是坐着储罐卡车去了美国。车屁股后面有醒目的两个大字:危险!

直到那车消失了,我才对奚志常说:"结束了。"奚志常没有回答我。我说咱们要不去喝点啤酒吧,奚志常仍然不说话,他跨上了自行车,独自向西离去。他什么都不想说,我没再遇到这家伙,没人知道他去了哪里。

这就是我表姐逃亡的故事。过了好几年,她在纽约念书,打电话回来问我,奚志常有消息吗,我说没有啊。我甚至都没有回硫酸厂去打听一下,我后来分配工作的时候也没选硫酸厂,我怕死那个地方了。

我活到二十四岁时变得身心俱疲,那时总算有一个女孩喜欢上了我,她比我大几岁,也在化工厂上班。有一天我们几个人在一起喝酒,大飞说,不知道小雅姐姐过得怎么样。我说我非常怀念奚志常,他是我见过的最坚定的情种,要是他长得帅气一点,我姐姐还真不一定会去美国,也许就嫁了。大飞还是那个吊儿郎当的样子,他故作沮丧地说,是的,老子输给奚志常了,这王八蛋把事情做绝了。

我女朋友说,其实小雅完全不必这么逃走,因为说实话,厂里最多只是问问情况,不会拿她怎么样,厂里无权限制小雅的人身自由。我说是的,那么逃走太傻了,但那天我们实在是吓破了胆。大飞说,我还记得奚志常说过的那句话,你猜不到会发生什么。他又补充说,你十七岁的时候猜不到,你二十四岁的时候也还是猜不到。

我说我一直记得有一年,小雅带我去上海玩,她有很多朋友都在上海念大学,她们长得相当可爱。那个年代的大学生有一种神圣的错觉,走在街上简直是供人瞻仰的,这当然很不好,如果很过分的话会令人厌恶，但是她们并不讨厌，还是很可爱的。也因为我是小雅的表弟，我木讷而丧逼，讲话结巴，眼神可怜巴巴，特别招她们喜欢。她们之中偶尔还蹿进来个把男生，非常兴奋，做出很风趣的样子，假模假式，一塌糊涂。我记得有个烫头发的男生还戴着墨镜，盲人似的，他那个瘦了吧唧的样子和奚志常特别像。这些人在学校里发出巨大的喧哗。学校很漂亮，和我们那倒霉的化工技校完全两码事，我走了一圈就迷路了。我曾经想过，念高中，也考到大学里去，可惜我们家太穷了，我妈连我的生活费都负担不起，没办法，老子只能去工厂做学徒。如果不是因为这些乱七八糟的原因，我说不定真的可以念个大学呢，哪怕野鸡大学也不错，那可以让我虚度时光，而不是像现在这样为了下岗而发愁。

后来，我陪那些姐姐们上街，小雅也在其中。我们走了很远的路，走过淮海路，走过人民广场，走过南京路。她们越走越精神，我快累趴了。我穿了一双硬底皮鞋，为自己的帅气付出了代价。走到最后，我像一只在热铁皮上跳舞的鸭子，实在撑不住了。其中有一个女孩拉着我和小雅走到一条夹弄里，她请客，我们三个吃了碗馄饨，她吃不下，还匀了几个给我。我坐在夹弄里看风景，两侧的房子很高，全都是西式的，殖民时代的遗迹。那女孩说，走吧，继续往前走。我说我真的走不动啦。那女孩说，你无论如何要再走一会儿，前面就是中苏友好大厦啦。

于是我跟着小雅，还有那个女孩，忍受着脚痛，继续走。我姐姐年轻的时候特别无所谓，大大咧咧的，她是进工厂以后才变得沉默高傲，奚志常也许很喜欢她的沉默高傲，但事实上，她不是这样的人。她在延安路上走着走着绊了一跤，皮鞋都飞出去了，我替她捡回了鞋子她还在笑。我再回头去找，那个请我吃馄饨的女孩，已经不知道走到什么地方去了。

那时候小雅还留着长发，她是进厂以后才把头发剪了。我跟着那一头长发，拐着腿走到了中苏友好大厦，有好几个女孩已经先到了，她们站在那儿等她。有人给了我一台相机，让我帮忙拍照，无数女孩稀里哗啦地排成一行，取景框里都装不下。我捣鼓了一下，快门按不下去，旁边走过来一个男生，把相机拿了过去，替她们拍了几张照片。女孩们一起喊，茄子！我呆呆地站在一边，看着他们完成了这个动作。

那次拍的照片，后来寄回到了小雅手里，她把照片装在了镜框里。这些女孩全都消失了，我再也没有遇到过她们，即使遇到，也不会记得了。我对大飞说，那张照片不在你手里，当年是奚志常拿走了。大飞说，便宜那小子了。我说，不不，这张照片可珍贵了，给了你才他妈是浪费，你完全不理解，也不可能理解，你仅仅是被她们超乎想象的美丽而震慑，然后感叹一下时光飞逝，她们可能都老了，诸如此类。是的，她们当然会老，变得像历史一样可以被人指指点点，但这并不重要，重要的是你没得到那张照片，它被奚志常带走了而你根本不知道奚志常去了哪里。

没有谁是无辜的

没有谁是无辜的

那是六月里一次短暂的实习，我们在一家研究所，专门研究五金加工的，各种金属如何切片，如何剁块，如何压扁。研究所离城很远，我们班上其他学生都去了好玩的化工厂，只有我和大飞被发配到这里。起初我们羡慕别人，后来别人又羡慕我们了，因为研究所虽然很无聊，但它毕竟干净、整洁，也没什么人来管我们。我和大飞每天找一个廖科长报到，上午在工场间的台虎钳上随便锉锉铁块，下午就可以自由活动了。相比之下，那些在化工厂实习的同学差不多累成了一条狗。

当时我们是化工技校89级机械维修班的，我们不会修东西，也没人来教我们。我们主要的任务是学好语文、数学、政治，还有其他机械制图之类的很文艺的课目，这么学下去我都替自己担心，我必须认识一下什么是锉刀了。

我和大飞经常溜出去，周围确实没什么东西可看的，六月里的荒草像噪音，四处乱长。阳光强烈，土地干燥，到处都是灰尘。可是你知道这并不是最厉害的时候，这只是个开始，到了八月它们才会真的发疯。

陈国真来视察情况。陈国真是我们当时的带班老师，他四十多了还单身，有点忧郁，冬天穿一件黑色的毛呢大衣，十分拉风。有好几次我都想在小巷里把他一棍子敲昏了，扒下他的大衣，穿着去找我最喜欢的女孩闷闷。不过，此刻是夏天，陈国真到夏天就蔫了，他似乎没有更多的衬衫，穿着一件地摊上买的警用衬衫过来了。在一九九〇年，这种地摊警服满大街都是，有时候你会看见一群穿警服的人在抓另一群穿警服的人。我从来不穿这种衣服，太不正经了，我妈看见了会哭的。

陈国真对我和大飞说："我操你们俩的，你们怎么能分配到这么舒服的地方来实习？下个月你们俩给我去硫酸厂。"

我说："陈老师，硫酸厂很远啊。"

陈国真说："这里也很远，操。"

这里对大飞来说并不远，他外婆家住在铁路桥往外的新村里，那儿盗匪横行，马路边全是外地来的饥不择食的人们，他们偷自行车，偷井盖，偷电缆，偷一切可以到手的东西。即使是大飞这么一个地头蛇，也觉得有点受不了。

陈国真把廖科长叫过来，问了问情况。廖科长和我们很熟了，他的老婆以前是我爸爸车间里的工段长，因此他说了我一些好话。比如我很热心，我很有礼貌。陈国真像看外星人一样看着我。廖科长随即说漏了嘴："路小路还经常派香烟给我。"

陈国真说："操，你是技校生，你抽烟是要处分的，你他妈的居然还派烟？"

我说："入乡随俗嘛，陈老师。"

陈国真说："你他妈的真是一个做工人的料子，操。"

然后廖科长和陈国真闲聊起来，说最近治安太差，到处都是偷东西的人，研究所也遭殃了，他们的铁块铁杠铁皮，到了晚上就会有人翻墙进来搬走。要是再这么偷下去，我和大飞就没有金属可锉了，只能锉石块。研究所人手有限，连廖科长本人都参与到了值夜班的队伍中，他希望我和大飞也能值夜班，因为我们看起来很剽悍，很能打，而且不太怕死的样子。陈国真说："操，现在警察都死到哪里去了？警察但凡勤快一点，我这班级的学生就能抓走一大半。全抓走了更好。"然后陈国真又说："这两个学生你也看看好，虽然没偷过铁块，但我要是没记错的话，他们偷过橘子，还把人店主的肋骨给弄断了。"

大飞一直没有说话，直到这时才低声说："操你妈的。"

陈国真陪廖科长喝酒去了。中午我和大飞翻墙出去透透气，我们一致认为，研究所的围墙上没有装铁丝网才是招致盗贼的根本，那墙太矮。不过这不关我们什么事，铁块全都偷走了更好。我非常害怕切割金属的噪音，那大概是世界上最可怕的声音。我们沿着水泥小路往前走，周围都是荒草和树木，道路起初贴着围墙，后来渐渐分离，向着草丛伸出、延伸。大飞说得往反方向走会比较热闹，那是我们每天上班必经之所，有什么好看的？一点也不好看。我还是倾向于去陌生的地方。我们走了很久，脚下变成土路，能听见火车的声音，铁轨横在前方，它被高大的水杉树挡住了。列车开过时，那些树都在颤抖。后来我们走到铁路桥边，桥洞黑漆漆的，再往前走是什么地方？

"前面什么都没了。"大飞说。

这种说法很可笑，前面怎么可能什么都没了？总有一些东西。我们不可能这么快地就走到世界尽头嘛。

大飞说："前面就是些窝棚，住着各种各样你从来都没见过的外地人。"

"外地人很可怕的。"我说，"他们什么都偷。"

我们蹲在桥洞口抽烟，看着桥洞仿佛那地方马上就会冲出来一群外地人。我想想很好笑的，我偶尔也和大飞去顺点东西，水果啦，香烟啦，最大的一次我们偷了一辆自行车。但我们在此时此地竟然感到自己是正人君子，而黑色桥洞对面的外地人才是真正的、真正的、真正的小偷。

大飞很忧郁地伸手，摘了一朵路边篱笆上的花。

"不许摘我的花。"

我们回头看到了那小子，他坐在一辆轮椅里，用一双仇恨的眼神看着我们。这种目光假如出现在城里，会令他招致灭顶之灾，但铁路桥那边实在是太荒凉了，而且他坐轮椅。

大飞很屌地侧过脸，用耳朵对着那小子，"你说什么？"

"不许碰我的南瓜花。"他说。

大飞看看手里那黄色的一朵东西,"哦,是南瓜花。我摘了一朵南瓜花,就等于摘了你一个南瓜,是不是?"

"是的。"他说。他是外地口音。

我打量着他身后的房子,那是一个贴着桥堍搭起来的毛竹棚子,盖着黑色的油毡布,里面黑咕隆咚的看不清有什么。只有那些外地人,他们才住毛竹棚子。南瓜藤就长在随意搭起的篱笆上。

我还看到了他的轮椅,那是一张椅子加两个轮子做成的东西,虽然做工很糟糕,但也够他用了。他两条腿上全都打了石膏。

"你的腿是摔断的吧?"我说。

"你管不着,"他说,"你滚出去,这里是我家。"

"我要是吃了你一颗南瓜子,你是不是会认为,我吃了你二十个南瓜?"大飞还在微笑着跟他说车轱辘话。

"等到秋天它就是南瓜了。"那小子指着南瓜花,固执地说。

"等到冬天它就什么都不是了,我操。"大飞嚷道。

我对大飞说别吵了,吵这个有什么用,难道你真的喜欢和一个十四五岁的断腿男孩,还他妈的操着外地口音的,在这个铁路桥洞边上吵架?你自己也是这个年纪过来的,应该很清楚,十四五岁的男孩,固执,傻缺,全世界都是他的。他这种仇恨的目光我见多了,发自内心同时又很像是表演。所有的小流氓都擅长使用这种眼神,其实它一文不值。

这时有一辆火车从我们的头顶开过,沿着铁路桥轰轰地向前。在它经过的那几分钟里,我们都没说话。然后,大飞走向他,用脚踹了踹他的轮子,断腿的小子向后退去。

"你们不要碰我!"他尖叫起来。

大飞继续用脚踢着他的轮子,"我就是要碰你,碰你,碰你。"

毫无疑问大飞是被激怒了,他一向认为自己是个潇洒的男人,他很少被激怒。我靠着篱笆给自己点了根烟,看着大飞发飙,看大飞把断腿弄到了地上,用鞋尖轻轻地点着他的脑袋。那小子尖叫着在地上爬行了一阵子,一会儿又翻过身,企图咬大飞,但大飞敏捷地躲开了,继续逗弄他。

"大飞你够了,回去吧。"我说。

"过来帮帮我。"

"你打一个断腿还用我帮吗?"

"帮我把他的轮椅扔到河里去。"

"你不如把他的腿再打断一次算了。"

那小子真的惨叫起来了,这时他已经爬到了毛竹棚子门口。大飞轻蔑地一笑,顺势走了进去,然后我就听见在黑暗中的大飞惊叫起来:"操他妈的,全是研究所的铁块啊。"我跟进去,眼睛盲了一下才渐渐看清,没错,研究所的铁块、铁杠、铁板,全都堆在这里,上面还有用红漆涂上的标号。除此以外我还看见两张床,不,那也谈不上是床,只是睡觉的铺位,被单大概有一百年没洗了,很多飞虫在漏光的地方舞动。我不知道谁能睡在这个地方,怎么躺得下去。

"你居然说我摘了你的南瓜花。"大飞走过去擒住那小子,"你这个小偷。我会带你去见警察叔叔的。"

那小子躺在地上看着大飞,过了好一会儿,他意识到自己应该求饶了。

"你们放过我吧。"他说。

大飞听不见,大飞再次把耳朵侧向他,并且很大胆地把手伸过去拍了拍他的脸。那小子再也不敢咬大飞了。

"爷爷,你们是爷爷,放过我吧。"

大飞朝我昂了昂脖子。是的,我说错了,那小子并不固执,并不傻缺,并不认为全世界都是他的,那小子他妈的什么都明白。我一下子感到无趣了,走过去踢了他一脚。

大飞拉了我一把。这时我抬头才看到有一群男人从篱笆外面摆着雁翅阵形走向我们,手里都拿着铁棍。我数了数,六个。那小子立刻号叫起来。

现在我最好跳过中间那段吧,我后来能想起来的全都是像被血染红的画面。大飞被人制服了,他跪在地上。那小子坐在地上打了大飞十几个耳光,然后告诉那群人,他们偷东西的事情被发现了。其中有一个男人,他把大飞倒拖到棚子里,大声地与后面的人商量,是不是一棍打死我们,再一把火烧了这棚子。那伙人有点犹豫。大飞号叫起来:"爷爷,求你们放过我吧。"我被人踩住了,半边脸在土里,我根本说不出什么话来。

我承认这是我十七岁时遇到的最凶险的事情，没什么的，我后半辈子还能遇到类似的场面，被人用刀指着腰，被人用火枪指着脑袋。次数虽然不多，但足够我拿出来炫耀给朋友听了。我后来才知道，其实被人用棍子打死是很惨的，很疼很疼，别人不一定会一棍敲碎你的颅骨，而是慢慢地敲，每一寸骨头都敲开，把你敲成一条蛇。如果那次我和大飞没被敲死，那还可以像烤肉串一样，放在棚子里烧成炭灰。我和大飞将会蜷曲着、黑乎乎地死在一起，那些女孩回忆起我们，不知道会说些什么。在我们的坟墓上，不知道会不会长出一根南瓜藤。

我脑子里充满了不幸的预感，然后听到一串自行车的铃声，然后有个人大吼一声："干什么的！"踩住我的那只脚，忽然消失了，我在土里趴了很久才跳起来。男人们不见了，断腿小子也不见了（后来大飞说是他们背着他逃走了），我眼前站着陈国真，他已经喝醉了，警服的扣子解开了三颗。他坐在自行车上，一只脚撑着地面，指着我们问："操你妈的，你们又出来打群架了，是不是？"

"陈老师，"大飞哽咽着说，"陈老师，你妈的看起来太像是个警察了。"

陈国真说："操你妈的。"

那天下午我们回到研究所，我和大飞都累坏了，大飞脸肿得不像样子。廖科长过来探视了一下，并且让我们向派出所的民警介绍了当时的情况，以及那一棚子的铁块。大飞语调凄凉，声音发抖。警察宽慰了大飞一下:"放心,你再也不会遇到这群人了,除非你也进看守所。"

廖科长说:"上个星期我值班,有个小子打算爬进来,被我用铁杠戳出了墙,他躺在外面惨叫。我估摸着,断腿的那个就是他。"

我想了很久,基本上我脑子里已经一片空白了。我说:"没错,那肯定是他,肯定的。他是一个,非常危险的,犯罪分子。"

赏金猎手之爱

赏金猎手之爱

我们都知道纺织中专的女生闫秀但我们没有见过她。据说她有一颗突出的虎牙长在左边,又有一个美丽的酒窝长在右边,据说她左臂有一粒醒目的朱砂痣,只在夏季穿短袖的时候才能有幸看到,而她右手尾指的指甲长达一寸,时时能够引起人们的注意。她不是马路少女,关于这一点,我们感到既失望又庆幸。她的名声像一条缓慢流淌的小溪,叮叮咚咚地传到化工技校,后来有一天,她成了傻彪的女朋友。傻彪是化工技校88级操作班的学生,也是那个班上最帅气的家伙,平时还爱看点言情小说,可是另一天,他杀了那姑娘,跟谁也没打招呼就这么逃走了。

警察没能在第一时间抓住他,王警官来到我们学校了解情况,88级凡是和傻彪相熟的孩子都被叫去,问了些问题,提醒他们不要窝藏傻彪,最近在严打。实际上,那几位学长吓坏了,通常他们遭到盘问以后都会奋力吹嘘自己的狂妄或镇定,但这次,他们无声地鱼贯走出办公室,表示他们都不认识傻彪,表示闫秀这姑娘死得非常冤枉,傻彪应该挨枪毙。事实上,谁说他不会被枪毙呢?

三天后,傻彪的通缉令被贴在化工技校门口,带花的,也就是悬赏的意思,足足五千块。这简直匪夷所思,如果每个杀人犯都能值五千,那我们干脆组织一个化工技校赏金猎人队吧,反正我们活得很无聊,只想找人发泄发泄。哪怕两千,我也干了。

我站在校门口久久地看着通缉令,后来,传达室大爷塞给了我一张全新的,上面还印着公安局的图章,以及傻彪的头像。刘志彪,十九岁,戴城化工技校88级操作班学生,身高一米七八,双眼皮,案发时光头,戴城郊区口音。其实这并不足以概括傻彪的特征,他还爱看言情小说。

我把这张通缉令带回家,塞进抽屉里。有那么几天,我忘了这件事,直到某天下午睡觉,我竟然梦见了傻彪,在一个大礼堂,颁奖的场合,似乎是我做了什么见义勇为的事情,然后学校把我调去念重点高中了,我再也不用为自己学徒工的未来而自卑,就在我接过奖状的一瞬间发现眼前站着的是笑眯眯的傻彪,而礼堂空荡荡的,所有人都逃走了。我被这个梦吓醒,在黄昏的光线下点起一根烟,从抽屉里拿出通缉令,对着傻彪的头像发呆。

"傻彪你想不到自己这么值钱吧?"我朝着他那张模糊的、邪恶的脸上喷了一口烟。

同样的,我听说过白凤新村的街心花园,但当时并没有去过。它曾经是戴城三校生最爱去的场所，一共三十六栋房子围着一个小花坛，有一座凉亭造到一半，后来，闫秀死在那里，就停工了。未完工的凉亭在多年之后仍是那个样子，远远看过去，像老街的牌坊。在街心花园最热闹的日子里，这里云集着各路人马，轻工技校，纺工职校，还有戴城最具特色的园林技校——该校专门给古典园林提供花匠人才。我们化工技校的人，偶尔也会到这里来玩，看看他们踢足球，看看他们泡马子，看看他们炫耀新买的太子裤。我们太矬了，一个没有女生的学校是被人歧视的。直到傻彪干了这一票。

有一天傍晚，我和花裤子来到白凤新村，天还没黑，周围很安静。我得先说明，我们纯粹是瞎逛，并没有任何企图，但是当我们遇到刀把五和小癞这二位时，事情变得有点不一样。这两个人很兴奋。

"傻彪就是在这儿用刀子捅了闫秀。"小癞说，"因为闫秀爱上了轻工中专的张敏。"

这些事我们都知道，完全不想再听一遍。不过刀把五讲了一件事让我们都感到震惊，"有人看见了傻彪，他并没有离开戴城，也可能是出去遛了一圈又回来了。"

花裤子摇头说："事情总是这样。前年我表哥从西山劳改农场越狱出来，他哪儿都没去，半夜溜回家打算吃顿饭，洗个澡。"

"后来呢？"

"警察在家里等着他呢。"花裤子遗憾地说，"白痴总是这样办事的。"

刀把五阴沉地笑了笑。"如果傻彪撞在我手里，"他走过去拍了拍凉亭的柱子，那儿贴着一张通缉令，"我要给闫秀报仇。"

"难道你认识闫秀？"

"不认识。"刀把五说，"傻彪杀了她，为她报仇不需要理由。"

我们都笑了起来。刀把五和闫秀之间没有任何关系，刀把五喜欢的是可可，不过可可并不喜欢他。也许他只是在梦遗的时候见到过闫秀吧，那也够可怕的。一想起那姑娘死在我所站的地方，我就浑身不舒服。"你像堂吉诃德。"我终于有机会炫耀一下自己的文学功底了。丹丹告诉过我，堂吉诃德就是一个神经兮兮的骑士，他疯了，把风车看成是敌人。但我又想，难道发疯的不是傻彪吗？

"其实傻彪这个人不坏，他只是控制不住自己。"花裤子说，"我和他住一栋楼里，我知道他，他爹妈特别老实，出了事以后他老妈已经吓傻了。"

我并不关心这件事。这时刀把五已经走到了街心花园的另一边，那里有一个初中生模样的小孩在路灯下玩足球，他试图将球踢到电线杆上再弹回自己脚底，可是那球却折到了刀把五身边。刀把五用他的短腿踩住球，小孩走了过来，我看见他穿着一件国际米兰球衣，大概是仿制的，但仍然很稀罕，因为满大街都是那种红黑相间的 AC 米兰球衣而我一直想得到一件蓝黑相间的国际米兰球衣，我觉得后者比较飘逸。小孩看着刀把五，刀把五这个混蛋仍然踩着球，然后他伸出手，叉住了小孩的脖子。

"把衣服留下。"

那个赤裸上身的男孩跑掉以后，刀把五把球衣搭在肩膀上，抢脚踢球。我说过，他不会这个，他除了玩命啥都不会玩。踢疵了的足球在原地像陀螺一样打转，我冲上去开了个大脚，那球飞过路灯，划了个弧线隐没在夜空中，里杰卡尔德的脚法。刀把五重重地拍了我一头皮。

"这球也是我的。"

我捂着头，心想在这个地方和刀把五打起来，可能占不到便宜。花裤子就算看见我被打死也不会上来帮忙，而小癞会把我挨打的事情告诉身边的每一个姑娘。我假装这巴掌打得不是很疼，晃晃头说："走吧，等会儿那小孩会叫人来。"

可是那小孩回来得太快了。白凤新村街心花园的斗殴通常是这样：有人挨揍，跑回家叫人，半小时后来一群人，而前面的事主早已逃得没有踪影；很少有傻子会站在原地等人暴揍。可是他妈的，那小孩回来得太快，他根本就是白凤新村的居民。我只听到他喊了一嗓子："就是他们！"几束手电筒光照向凉亭，听到暗处乒乒乓乓的家伙声，我们四个人同时转身，向街上跑去。后面的人紧追不舍，刀把五绊了一跤，倒在人行道上，迅速被几个光膀子的少年围住。对此，我感到很满意。动物百科知识上说，斑马群在受到狮子围攻时，会有一头见义勇为的斑马主动留下来给狮子吃掉，保全同类。不管刀把五是否主动,现在他都光荣了。我在街上边跑边回头看,并且发笑,后来我回头看见小癞和花裤子都停在了原地,惊恐地看着前方。我再向前看发现一个姑娘手里拿着根棒球棍,旁边站着个一米九〇的大胖子,我刹不住自己,几乎和她撞了个满怀。那姑娘伸出棍子抵住我,露出可怕的笑容。

"来打劫啊?"她说,"这片儿归我管。"

我认识她。她是纺工职校的小蛮婆司马玲,她的名声像天边的暴雨,隆隆地传到化工技校,如果你不介意被淋得湿透,不介意被她闪电式的目光劈成焦炭,那就像我一样吧。我觍着脸,背着双手好像是个偶像明星,忧郁地开口说:"我们见过,去年圣诞节……"

那大胖子没等我说完就叉住了我的脖子,然后把我往半空中提起来。这个动作使我像上绞架一样双足离地,舌头伸得老长,双手在空中无望地扑打。显然他智力有点问题,我都快死掉了,他还在捏我脖子,发出快乐的笑声。要不是司马玲喝止,我肯定死了。

后来,当我们衣衫褴褛地往回走时,花裤子问了一个问题:"为什么司马玲没有打你?"他们三个全都流着鼻血,刀把五更惨些,左眼充血,一颗白齿松了,而我至少没有见红,仅仅是口袋里的钱被人抄走了。我只好说:"去年圣诞节我去纺工职校玩,恰逢文艺晚会,我陪她唱了一首歌。小半年过去了,她还记得我。"

花裤子郁闷地说:"可她却不记得我了。"

"你们之间发生了什么?"小癞问道。

"如果不是你们这群白痴,我应该能和她好好叙旧。"花裤子说,"现在啥都别问了。"

我们像四条游魂走过深夜的大街,天气有点冷,看不见什么人。我很怕遇到巡逻的联防队,看见我们这个鬼样子,甭管是不是受害人都会先拖到队里审讯一番,假如说错话,赏一个耳光那算是轻的,有可能挨电警棍。自从傻彪杀了闫秀之后,全城管事儿的人遇见我们化工技校的都不会手软。

走了一会儿,他们脸上的血都干了。到日晖桥上,刀把五和小癞往东走,我和花裤子往南走。说实话,平时我们关系并不怎么铁,但此时此刻竟然还有点惺惺相惜——我们一起挨了小蛮婆的打。

到花裤子家门口时,我问他:"你到底是怎么认识司马玲的?"

"她是我初中的学姐,我给她写过情书。"

"后来呢?"

"后来她晃到我们班级,当着所有人的面看了看我,啥都没说就走了。"花裤子忧伤地说,"那眼神没法形容,就是这么看的。"

花裤子在昏暗的路灯下盯了我一眼,可惜我什么都没看清,也就无从领会其中的深意了,更不能理解花裤子为之耿耿于怀的是什么东西。当小蛮婆赏给他十七八个清脆的耳光时,他沉默,既没有哭喊也没有求饶。你说说看,他耿耿于怀的到底是什么东西?

为了找到那个令闫秀移情别恋的张敏,我和大飞可费了老大的工夫。换了以前，你只需要去轻工中专的排球场，就能看见那一双雪白无毛的长腿在水泥地上蹦起落下，然而闫秀死后，张敏也消失了。我们短腿而多毛的大飞，想起张敏，十分不爽。他说张敏必须为闫秀的死负责，假如不是因为那么帅，闫秀就不会爱上他，也就不会被傻彪捅一刀了。很难想象，常年在舞厅靠老阿姨挣钱的大飞也有了道德感，并且十分优越。

后来，我们找到丹丹，那一年，她正在和轻工中专的一名老师勾勾搭搭。她穿着牛仔裤独自在街上看风景，眼里全是被风吹出来的泪水，一瞬间，我原谅了她的背叛。我走过去发给她一根烟，她从口袋里拿出自己的摩尔烟，并没有接受我的好意。她学会了一种把左边嘴角翘起来的微笑，右边嘴角不动，近似于嘲笑。她的红唇像一把锋利的弯刀。

"闫秀是个可怜的女孩，"丹丹说，"如果你们找到傻彪，一定先打断他的腿骨。"

"为什么是腿骨？"大飞问。

"因为我摔断过腿，我知道那有多疼。"丹丹不耐烦地说，"你们来找我干什么？"

"打听打听张敏的下落。"

"我凭什么要知道张敏的下落，真是太可笑了。"

我和大飞各自抽烟，我等着他说出轻工中专的老师那一节，可能他也在等着我说出来，但最后我们谁都没说。丹丹抽烟的样子还是那么美，带有一丝不安。我们三个站在街上，令我回忆起从前的岁月，那时她才只有十六岁，长头发留到腰间，骑一辆破旧的女式自行车，不抽烟，天天跟我们念叨着要去省里参加舞蹈选拔赛。后来，她骑车摔断了腿。

"你什么时候去工厂实习？"大飞搭讪，"自从你们那届停课以后，我们学校就没女生了。"

"我已经实习了。"丹丹说，"在炭黑厂。"

"那儿出来的女工指甲缝都是黑的。"我说。

"脸也是黑的。"丹丹说。

"指甲缝比脸难洗多了。"

丹丹沉默，瞟了我一眼，抬起左手给我看，五个指甲盖上都涂着血红色的指甲油。她撂下我们，径直穿过马路，走向街对面。她过马路时候从来不看红绿灯，从来无视交通规则。有一辆轿车在她身边刹住，她甚至都懒得看一眼，就这么走了过去。

"过马路要注意前后左右。"隔着街，我对她喊。

她转过身，站在一个垃圾桶边上，对着我粲然一笑，那模样仿佛是刚刚从死神身边走过。我怀疑她每次过马路的时候都宁愿被车撞死，像一个女堂吉诃德。

"轻工中专所有人都知道，张敏没有跑远，他请假了，躲在居建伟家。"丹丹同样是隔着街，大声告诉我，"他怕傻彪弄死他，街心花园杀人的那天他本来应该在场的。他运气很好，未必能一直好下去。"

杀人抵命。命可以用来抵很多东西，比如你欠了一万块赌债还不出来，债主可以砍你一只手，又欠了两万块，债主可以砍你一只脚。如果你乐意被人零零碎碎地卸掉，你大概能值十万块。这个逻辑应用到傻彪身上很不合理，他把自己最喜欢的姑娘捅死了，他要抵命，两条人命加起来只值五千块赏金。他本来可以把自己零零碎碎卸掉了换一辆小轿车的。

然而，即使是五千块，也让我们垂涎不已。十七岁这年，我口袋里的零钱从来没超过二十块，更多的时候在七块五毛钱以内，因为，只要超过这个数字，我就会去买一盒港台流行歌曲磁带，我还买过一盒帕格尼尼小提琴奏鸣曲，我觉得挺好听的，但大飞他们说我是个装斯文的白痴。我们所有人，穷，没文化，消费欲望强烈但是得不到发泄，其他欲望就他妈的别提了。如果我有五千块，我都想不出该怎么花，首先我要买一条牛仔裤，堂而皇之穿进学校——我们学校穿牛仔裤每次罚钱五元，我可以穿到毕业；其次我要买一双大飞经常穿到舞厅里去的响底皮鞋，但最好皮子柔软一些，不要像大飞那样穿得脚上全是老茧，简直可以去做赤脚医生；再次，我想带丹丹去一趟上海，看一场芭蕾舞或者现代舞或者孔雀舞，但我不确定她是否已经彻底忘记了跳舞这件事。

我被这些念头折磨了好久，第二天当我独自来到居建伟家楼下时，小蛮婆司马玲正带着大胖子走来。这真是吓了我一跳，然而她似乎已经不记得曾经揍过我，就像她不记得曾经有一个给她写过情书的花裤子。她只是拍了拍我的肩膀，仰起头，努力想我的名字，好像我的名字在天上。那大胖子痴痴地看着我。我说："我就是化工技校89级机械维修班的路小路。"

小蛮婆点头，又拍拍我肩膀，说："你在这儿干什么？"

我说："来找居建伟，听说张敏躲在他家。"

小蛮婆问："你也找张敏？"

"因为傻彪逃走了，俗话说，杀一个也是杀，杀两个也是杀，他一定还会来找张敏，把张敏干掉。"我找了一辆自行车，坐在书包架上，我感觉自己要讲的东西还挺多的，"如果找到张敏，说不定就能遇到傻彪，如果活捉傻彪，就能拿到五千块的赏金。"

"五千块是一笔大钱。"

"确实在我们这儿不常有。去年有一个姑娘被人泼了硫酸，警察只用了两个钟头就抓住了凶手，他躲在一个公共厕所里，后来枪毙了。像傻彪这样的，能值上五千块，也算是条汉子。"

"他根本不是男人。"司马玲说，"他早就逃到外地去了吧？"

"据说有人看见过，他在城里。"

"你确定能在这儿撞上傻彪吗？"

我有点犹豫，我们技校也教一些统计学的知识，从大概率的角度来说，一点也不乐观。"至少我在这里撞上你了嘛。"我说。

"你是个白痴。"小蛮婆把我从自行车上拽了起来,"现在,带我去找居建伟,他家住几楼?"

"503。"我老老实实地回答。

我们三个上楼后,大胖子对转角处的一只猫产生了兴趣,站那儿看着。平淡无奇的白猫,有一条大尾巴,正舔着自己的爪子,显然刚刚吃过了什么,可能是老鼠。我也看着大胖子,我才不敢催他,怕他又把我叉到半空去,那滋味不是人能受得了的。这时,司马玲可能是为了解答我的疑惑,在一边介绍说:"他是我表哥,小时候得过脑膜炎。"

"他应该去福利院。"

大胖子回头看了我一眼,老天作证,那眼神根本不是智障,而是杀人狂。猫都吓跑了。司马玲赶紧说:"哎哟,咱不去,咱不去。"又告诉我说:"你可别在他面前提福利院,他分不清你讲的是真话假话,他会杀了你。"

我耸耸肩表示已经尝过这滋味。

我们继续上楼,到了五楼,在居建伟家门口磨蹭了一会儿。他家没有防盗门,我主张敲门,司马玲完全没有这个耐心,甚至不考虑居建伟家里有没有大人在,她打了个响指,大胖子一脚就把大门给踹开了,然后我看见居建伟和张敏两人坐在电视机前,手里各自端着一个任天堂游戏机的手柄,表情错愕,仿佛天神降临在眼前。趁他们还没反应过来,我抢先一步按住了居建伟,司马玲左右开弓给了张敏两个大嘴巴,张敏扔下手柄,跳起来就往阳台逃,被大胖子叉住了脖子。现在,我们这位轻工中专第一美男子,戴城著名男模(我差点忘记了,他还上过一次本地电视台),同样挂在半空。我继续按住居建伟,并向他解释:"这不关你的事。"

居建伟说:"这他妈的是在我家里。"

我说:"你就当是傻彪来找你麻烦吧,他要是出现,你已经死了。"

我们说话的当口,司马玲对着张敏讲了一连串的话,我费半天劲才明白。原来小蛮婆和闫秀是好朋友,在傻彪找闫秀谈判的那个黄昏张敏也应该出现在白凤新村的街心花园,然而这厮货没有到场,甚至闫秀死后,他也没有出现在她的葬礼上。我觉得司马玲真是棒极了,她讲出了很多真理般的话,每一个做事不地道的男人都应该认真听一听,只是我不确定张敏在被叉住脖子的时候是否能够听得进去。后来,连我和居建伟都看不下去了,赶紧过去劝架。大胖子手一松,张敏掉在地上,瘫了下去。居建伟拍拍他的脸,他立刻醒了过来,然后大哭。

"你把他留在家里难道不觉得害怕吗?"出门前,我问居建伟。

"我现在也觉得应该把他送走。"居建伟尴尬地说,"傻彪真要是来的话,张敏一定会把我推到刀尖上去的。"

"装个防盗门吧。"我看了看踹坏的门锁,"换锁的钱让张敏出。"

那天我们走下楼,小蛮婆兴意阑珊,仿佛一切都已发泄完毕,没啥可说的了。大胖子又去看猫了。我发给她一根烟，我们俩在街上抽烟。说实话，我认为没必要揍张敏一顿，这个人已经被绑在道德的审判庭上了（这句比喻是我从报纸上学来的），打了他，他心里也许还好受些。不过，他欠揍也是真的，就为他总是炫耀那双大美腿。这时，司马玲像是猜到了我的念头，低声说："其实我就是想出出气，闫秀死得太不值了。"

"打得好。"我只好叹气说，"如果我抓到傻彪就请你来活剥了他的皮。"

后来，大飞知道我独自去找张敏，他表现得非常不爽。我没提小蛮婆的事情，我只说自己独来独往惯了。我们在瘟生家的录像店里看了一本老旧的西部片，讲的是一个赏金猎手，用左轮枪打死了好多面目狰狞的家伙，很应景。赏金猎手都是孤独的，最多再带一个助手，也就是广东人说的马仔，而我和大飞都太喜欢抢戏，谁都不可能去做对方的马仔。

录像放完后，我们在电视机里看到了丹丹。那是炭黑厂一起生产事故的现场报道，有个车间烧了起来，这在化工厂而言，简直家常便饭。我们看到穿灰色工作服的丹丹站在道路上仰望着燃烧的车间顶棚，大概是因为她长得太美，摄影师给了她一个大特写。我几乎看到了大火在她瞳孔中燃烧的倒映。

"这是她第二次上电视新闻了。"我说。

上一次是一年前，在全市中专技校歌舞比赛中，她连唱带跳拿了个冠军。电视台拍她的时候我就在她身后，我对着镜头探头探脑结果被一个大胡子导演给拽出了老远。换了今年，我能把他的胡子全都拔光，去年我真是太弱逼了。我一直记得在丹丹家里等看新闻的场面，我、大飞、花裤子、飞机头、刀把五、小癞，大概有十来个人，在丹丹出镜的一瞬间我们全都发出赞美的叹息，可她却笑吟吟地说那个白痴摄影师没把光打好，令她难看了百分之五。她的矫情总是让人心碎。

"她应该去做女演员，而不是做女工。"作为倒闭录像店的小掌柜，常年研究各种不入流港台录像片的瘟生，这么评价丹丹。

"退学退工都要赔钱给学校的。"大飞说。

"那也才三千，你在舞厅里一个月就能挣五百。"

"今年涨到五千了。"大飞不耐烦地说，"你他妈的能不能别再提舞厅？你只不过是一个出租黄色录像带的小老板的儿子，你一样也掏不出五千。"

瘟生恬不知耻地说："我要是有五千块，就把丹丹从厂里赎出来，然后和她谈恋爱，然后让她坐在这里，天天出租黄色录像带给你们看。"

按理说，我们应该揍瘟生一顿，但此时此刻，我们竟都沉默下来，看着电视机发呆。我实在没把握，万一真有一个人把丹丹赎出来，会是什么结果。最后连瘟生都觉得过意不去，发了两根烟给我们。他说："如果能抓到傻彪，你们就有五千块了。"

有一天午休，刀把五告诉我们，他在体育场露天舞场看见了傻彪。这简直匪夷所思，那地方只有一群风骚的中年男女，傻彪去做什么？刀把五也迷惑起来，我们问他到底有没有看清傻彪的脸，刀把五说他只看见了傻彪的后脑勺，众所周知，在案发前，傻彪是我校唯一的和尚头。

"但傻彪并不是戴城唯一的和尚头。"大飞说，"你想想看，案发到现在已经一个多月了，头发已经长出来了，傻彪难道还有心情再去剃个光头？"

"不仅如此，光头很容易辨认，傻彪光着脑袋根本不可能去车站码头，那样子太好认了。"小癞说，"他应该巴不得自己的头发快点长出来。"

"你为什么不追上去看看他的脸？"

刀把五摇头说："我追了。"

"你没追，你怕被他捅一刀。"

"我追了。"

"你没追。"我仍然摇头。

刀把五烦躁起来，一脚踢翻了凳子。说实话，这些话题都非常无聊，我纯粹是为了激怒刀把五才这么说的，接下来还有一招是嘲笑他腿短追不上。刀把五是一个上肢力量惊人而下肢非常孱弱的家伙。但是，我不想再说下去了，我们开始讨论丹丹的退学费问题。

"不，如果我抓到傻彪，我要把那五千块全都给可可。"刀把五叫嚣道。

让我想想，可可，就是那个总爱戴着红珊瑚手串的姑娘，她是丹丹的同班同学，她没有丹丹那么漂亮同时也不太好接近，她高傲的样子只有刀把五视之为女神，她总是在有意无意地利用着刀把五的感情。关键是，可可在溶剂厂实习，那地方很干净，效益也不错，和炭黑厂相比简直是天堂，请问有什么理由去拯救一个生活在天堂的姑娘？我们集体嗤之以鼻。刀把五踢翻了另一个凳子，气哼哼地走了。

"如果我能拿到五千块，我就先把自己赎出去。"这时，沉默了很久的花裤子开口，并且耸了耸肩，"很可惜，我手无缚鸡之力，也不打算为任何姑娘去送死。"

"丹丹说你活得太空虚了。"我摇头说。

花裤子愣了一会儿，问："什么意思？"

"丹丹说的，不是我说的。"

"他妈的什么意思，到底什么是空虚？"花裤子大喊起来，踢翻了第三个凳子。

确实正如花裤子所说：傻彪、钱、姑娘，都仅仅存在于我们的幻想中。假如真的用赏金猎手的方式搏命挣到五千块，更多可能是零敲碎打花销掉，请我们认识的每一个姑娘溜冰唱K看电影，到头来必将一无所获。

但这些人里,刀把五是个例外。

那年春天我们站在戴城火车站广场,迎接蜂拥而来的上海人,因为,清明节到了,很多上海人的亲戚都葬在戴城下面数十公里处的莫镇、西山、白羊湾。由于人数太多,而且太娇贵,市里面给了我们学校一个任务——让这帮杀胚一样的学生戴上红臂章在火车站广场上维持秩序,那里有一趟13路公共汽车去往乡下的墓地,每二十分钟发车一班,除此,上海人想去上坟就只有靠脚走了。

我们有点兴奋,以前都是被那些戴红臂章的人打,现在也能戴上红臂章,每天发十块钱补助,有权打上海人。后来上面又发话下来,上海人打不得,谁打人就把我们全体的补助都取消。后来我爸也说不要打人,因为清明上坟不全是祭奠,还有落葬,如果我们把火车站打得骨灰飘散,那将是一场灾难。

我们不得不在凌晨三点起床,饿着肚子跑到火车站,站在寒冷的细雨中,那会儿天还没亮,火车站广场巨大的飞碟形照明灯在二十米高空照着我们苍白的脸。第一批上海人从出站口拥来,背包的,捧花的,拎着满袋子锡箔的,都没怎么睡醒,跌跌撞撞爬上首班13路汽车。我在人群里认出了表姐,感到十分惊讶,并不是我表姐不该来戴城,而是她家没有死人啊。后来她说是来祭奠一对葬在莫镇的同学,车祸死亡的恋人(近似殉情)。表姐还带了好几个同学,可惜她无心和我闲聊。我帮她在13路公共汽车上抢了个座位,并且叮嘱她,这是一趟晕车之旅,在颠簸十公里之后,车上将会吐得像是集体食物中毒。她表示,她的胃很坚强。这时车上已经塞满了人,我不得不打开车窗跳了下去。我的脚崴了。

天色蒙蒙亮,还有很多上海人在排队,等候下一班13路汽车。我坐在花坛边抽烟,后来我看见一个戴鸭舌帽的人从眼前走过,往候车大厅方向去。那身影太熟悉了,我试探地喊了一声:"傻彪?"那人狂奔起来,我没法追他,就跳到花坛上大喊起来。从13路站头那里跑过来我们全体89级机械维修班的小崽子们,每个人都戴着红臂章。我指着傻彪逃走的方向——他改变了路线,不再往候车大厅去,而是沿着铁路围墙向东狂奔,如果他有本事跳过围墙爬上一列火车,他将永远离开这座伤心的城市。

我那帮同学扑了上去,非常抱歉,火车站广场禁止骑车,自行车停在很远的地方,他们来不及回去拿车,全都选择了徒步追击。傻彪已经消失在深蓝色的细雨或雾气中。我坐在花坛边继续抽烟,只有花裤子没追,他摘下红臂章把玩着,我发给他一根烟。

"今天是闫秀落葬的日子。"花裤子严肃地说,"一定是她在冥冥之中让你看到了傻彪。"

"可是我压根不认识闫秀。"

"为什么这个傻彪不去自首呢?"花裤子喃喃自语,"他应该自首,然后这事儿就结束了。"

天亮以后,我的同学们七零八落地走了回来。最先回来的是瘟生,他摇头说根本没看到傻彪的影子;第二拨是大飞他们,据说看见了傻彪的背影，但追不上，这孙子跑得太快；第三拨是大脸猫的战斗团队，他们抱怨说早饭没吃饱，跑了三公里之后腿抽筋了。我们都哀叹这五千块不好挣，警察来问情况时，大家都显得既沮丧又亢奋。后来，我们班最擅长跑步的铁三角摇摇晃晃走了回来，他显然是追得最远的那个人。

"不不，"铁三角摇头说，"刀把五还在追，他顺着312国道一直追了下去。"

"连你也跑不动了，刀把五这个傻逼的毅力真是太强了。"

"放屁，老子怎么可能跑不动？老子是市长跑队的。"铁三角翻了个白眼说，"只是你们都不追了，老子一个人追上去很可能会被傻彪捅死。"

"你身边还有刀把五，他比傻彪能打，也不太怕疼。"我揶揄道。

铁三角头一次同意了我的看法，他说："刀把五一边跑一边还跟老子商量怎么分钱的事，他认为如果由他一个人出手的话，奖金应该他拿大头，老子最多只有五百。老子一听就不干了，随他去吧。但这个傻逼真是太有毅力了，他都跑吐了，还在跑。"

"这是为了可可。"大飞说。

那整个一天我们都在等着刀把五的消息，说实话，谁也没指望他被傻彪捅了，那从大概率角度来说简直是零，他既不可能是欢乐英雄也不可能是悲剧英雄。果然，下午三点钟时，刀把五被一辆警车送了回来——他跑迷了路，在去往上海的公路上兜兜转转，试图拦下一辆卡车回到戴城，结果被两名卡车司机联手痛打一顿。他的样子有点惨。对可可而言，她应该已经失去了得到五千块钱的机会。

在这个牵涉了无数人的故事中，我还能提到我和司马玲的又一次不期而遇，提到刀把五和可可之间的决裂，以及丹丹在全市歌舞选拔赛中的失利，她放弃了一场不太光彩的跨校师生恋——所有这一切都像是故事的注脚，注脚扩展出的另一个故事却并不在赏金猎手们的视野中，真正的猎手只想得到应有的酬劳。不过，没人会预料到终结故事的人是花裤子，下面发生的事情全都是他告诉我的。

四月十号那天，花裤子骑着自行车到炭黑厂去找丹丹，那厂在312国道边上，以自行车而言，得一小时车程。顺着细雨沾湿的公路向东，道路两侧是刚刚变成绿色的田野，等你看到有一段路猛然发黑，从泥土到植物到天地间的一切都是黑色的，那就是炭黑厂了。花裤子把自行车停在厂门口，走进去，在某个车间门口见到了丹丹。她穿着淡青色的衣服，一名脸色发黑的老工人正在训斥她。

"我不干，我今天穿新衣服了。"丹丹说。

"你今天就算是新娘，也得给我干活去。"老工人脱下自己的黑色工作服，向丹丹扔了过去。这时花裤子正好走了过来，他挡在丹丹面前，那工作服兜头扑在他脸上。

丹丹说："我不干了。"

她撇下眼前的一切，就这么走了。老工人还在骂，意思是说，你要是不干，就等着赔钱吧。这时花裤子摘下了他头上的工作服，歪着脸走到老工人面前，小模样有几分狰狞，同时他也注意到老工人是个左眼凹陷的独眼龙，比他更狠。花裤子被工作服上的灰尘呛了一下，他凑到老工人面前，眯着右眼，用自己的左眼看着老工人的右眼，脸色惨白，后者感到了一丝惊恐，就像我在梦里见到傻彪的样子。

"你叫什么名字？"花裤子问。老工人摇摇头。花裤子把工作服展开，抖了抖灰，替老工人穿上，一个一个系好了扣子。"有个扣子掉了。"他说，"回去让你老婆缝上。"

"老婆跟人跑了。"老工人胆战心惊地说。

花裤子点点头，拍了拍老工人的肩膀说："这个世界不会好了。"

他撇下老工人，在车间后面的水槽边找到了丹丹，她正打开水龙头洗脸。他靠在墙上，啥都没说，静静地看着她。等她洗好，他递上手帕，顺便把自己的脸也冲了冲。

丹丹说："我们已经很久没见了。你是来找我的吧？"

"我在电视新闻上看到过你。"花裤子说，"你还是和以前一样好看。"

"并不好看。"

花裤子甩了甩头发上的水，他问丹丹，什么时候辞职或者退学。丹丹没有回答，因为他那副鬼样子显然不是来送钱的，因为他的眼神看起来像是在同情她的际遇而她恰恰很厌烦这种眼神。

"前几天路小路告诉我,说你曾经喜欢过纺工职校的司马玲。"丹丹说。

"那事儿早就过去了,"花裤子说,"我喜欢的人是你。"

"我也觉得你不会喜欢一个未来的挡车女工,可是我也只不过是炭黑厂的一个操作女工。"

这句话太刻薄了,既伤害了别人也伤害了她自己,听上去更是在嘲笑花裤子。他不知道该怎么回答,这时他终于像一个人生经验有限的小崽子那样,说出了一连串的表白之词,说出了他对她的期望:你应该继续跳舞,你会成为明星。可惜,这个话题并不讨好,丹丹不需要别人鼓励她,就像一个舞者在她养伤的时候并不需要掌声。这一点连我都明白,我相信花裤子也明白,可他就是说了出来。"拉倒吧。"丹丹粗暴地说,"我现在只想离开这个鬼地方。"她失去了耐心,独自往烧焦的车间那边走去。花裤子跟了上去,他开启了另一个话题。

"你说我活得很空虚,为什么?"

"我从来没有说过你活得空虚。"

"路小路说,是你这么说的。"

"也许我说过,但是我不记得了。"丹丹说,"这事儿对你们来说也不太重要,你很空虚,大飞很弱智,飞机头是个感情白痴,路小路天天在装腔作势。这他妈的有什么用呢?说过和没说过有什么区别呢?"

她愤懑的样子非常美，可她的愤懑究竟是冲着谁，没人知道。花裤子只想搞清他是不是空虚，这件事如果放在我爸身上，他一定会说，人生本来就很空虚，无需追问。但是，如果你才十七岁，你一定会对着那姑娘追问下去，如果你永远十七岁，你就会永远追问。后来，丹丹被花裤子那份执着的丧逼劲头搞晕了，也可能是真的有点伤感，她把他带进了一间废弃的仓库，那地方的顶棚已经脱落了好几块，光线和雨水从上方同时落下，像个剧场。

　　"别再谈我的事了，也别再谈你。"丹丹说，她走到剧场中心，雨在她头顶飘下。花裤子靠在二十米外的一根柱子上，远远地看着她。丹丹说："这就是我经常来练舞的地方，这中间有一块地方是木地板。"她做了一个简单而漂亮的跳舞姿势，用一种戏剧化的口吻向他念白："靓仔，还记得我们以前的好吗？"

　　我们的花裤子，他曾经和丹丹跳过舞，他的华尔兹和慢四步都是丹丹教的，这是他获得的殊荣。他知道自己已经失去了她，这个"自己"包括我们所有人，因为那剧场中心的雨和光像一个很大很高的漩涡，正在把她吸到天上去。他负有的使命（同样包括我们所有人）正在融化掉。他试探着走向剧场中心，却闻到了左侧黑暗处有一股强烈的尿臊味，他不相信丹丹会在有尿臊味的地方跳舞，于是朝黑暗处多看了一眼——傻彪从那个地方爬了出来。傻彪趴在地上已经不像人样，但作为有十年交情的邻居，花裤子还是认出了他，便骇然地踢了一脚，正中傻彪下巴。然后他听到傻彪惨叫起来：

"不要再打我啦!"

后来,花裤子说,剧场中心的幻觉消失了,一切都回到了现实中。他和傻彪蹲在废弃仓库一角,后者亮出了他的残腿。被我们追击之后,傻彪逃进了312国道边的炭黑厂,就在仓库里躲着,半夜里,他想去食堂找点吃的,踩在了一根大钉上,把右脚给戳穿了,他甚至连拔出钉子的勇气都没有,爬回到仓库里,没吃没喝一直蜷缩在黑暗中。等到那伤口血痂凝结之后,钉子就更拔不出来了。

"如果你不来,我可能就饿死在这里了。"傻彪说,"我爸妈怎么样?"

"你爸还好,他希望你跑得远远的,你妈前阵子有点受刺激,现在也好一点了,她希望这事儿不是你做的,是警察搞错了。"

傻彪摇了摇头说:"时间过去多久了,我可能真的没杀她,我经常梦见自己杀人,然后醒过来。我逃跑的时候还在想着应该醒过来了。"

丹丹站在一边冷冷地看着傻彪,她提醒道:"确实是你把那女孩弄死了,这不是梦。"

"我跑不动了,我想自首。"傻彪抽着花裤子发给他的烟,他虚弱的样子在丹丹眼里一文不值,"我要是自首了能少判几年。"

"你还指望自己能坐牢?"丹丹说,"你应该及早去死。"

"自首可以抵罪,判无期徒刑。"傻彪对花裤子说,"你去给警察打个电话,就说我要自首。"

这个要求令人尴尬,简直像玩笑,化工技校89级机械维修班任何一个人都会把傻彪打昏过去，送到派出所去领赏，而我在领赏之前也许还会让小蛮婆来活剥了他的皮，或是照丹丹的建议，打断他的腿骨。我到底有没有这么残忍，自己也不清楚，但花裤子却真的犹豫起来。他站起来，叼着烟，把丹丹拉到一边。丹丹说："这个人是你抓住的。"花裤子摇摇头。这场争执有点出乎意料。丹丹说："你把他交给警察，就有五千块了。"

花裤子说："可是他说了要自首。"

"他自不自首都是枪毙。"丹丹说，"用他换点钱吧。"

"给他留条活路吧，严打已经结束了，他也许不会死，他老妈也就不会发疯了。"花裤子说，"我会筹到五千块钱给你退学的，现在你去打个报警电话，就说傻彪要自首。我在这里看着他。"

花裤子讲这话的时候，眼睛既没有看着丹丹也没有看着傻彪，他望着废弃仓库塌陷的顶棚，那里正落下雨来。然后，他听到自己的脸上传来清脆的一声，半截香烟飞了出去，跟着是一阵麻辣。我们的丹丹愤懑地看着他，直到他的眼里涌出泪水，她才稍稍原谅了他。她独自往仓库外走去。快到门口时，她回过头来，用一种令人懊恼至死的口气告诉花裤子："我才不要你的钱。"

等到丹丹离开，花裤子又抽了完整的一根烟，那简直就像度过了完整的青春期。他踩灭了脚下的烟蒂，又沉思了几秒钟，想回过头去找傻彪，发现傻彪已经站在他眼前。"我后悔了。"傻彪说，与此同时朝着花裤子的脑袋上抡了一砖头。花裤子倒下的时候看见一群工人在血红色的光线下拥进仓库。半个月后,他脑震荡痊愈,右眼变得有点斜视,看什么都是红的。他说在倒下的一瞬间曾经想让自己从梦中醒来,结果却是沉睡了下去。他问公安局有没有兑现承诺发给丹丹五千块赏金。我告诉他,一共三十二名工人参加了抓捕傻彪的行动,每人实得奖金一百五十六块二毛五。我们所深爱的丹丹已经离开了戴城,有人替她出了五千块退学费,但你最好不要问他是谁。至于傻彪,在他挨枪毙的时候,那个梦将会醒来或是像你一样更深地沉睡下去,谁知道呢?

为那污秽凄苦的时光

为那污秽凄苦的时光

这个稍显粗鄙的故事就从我们的父亲说起吧。我父亲是戴城农药厂的工程师，他擅长画图纸也很喜欢跳交谊舞，是戴城南区著名的跳舞老师，在他四十多岁的时候，比我看上去更像青春期小伙子。花裤子的父亲是第二纺织厂的工会主席，他的主要任务不是组织工人示威游行，而是让其参加更多的娱乐活动以便身心健康、工作积极，尤其大龄青年舞会，二纺厂全是女工，在这种场合花裤子的父亲必须经常假装自己是未婚中年，陪她们在大礼堂荡（dancing）几圈。飞机头的父亲是一名个体户理发师，他擅长吹烫染剪，各种专属于女性的花式发型全都在他的掌控之中，有时候，对于那些太依恋他的阿姨们，他会带出去跳个舞，但他绝不让阿姨染指飞机头，或是反过来。

相比之下，大飞的父亲比较单调，他是一名卡车修理工。他日常最潇洒的动作是躺在一块带小轮的木板上，然后把自己迅速地滑到卡车底盘下面去。他不会跳舞，对他来说，滑出来抽根烟再滑进去修卡车就是一种舞蹈动作。算了，大飞的父亲是一条老实巴交的壮汉，我有点不好意思嘲笑他。现在说说大飞的老娘吧。

他老娘在南环一带是出了名的嗜赌如命，但却谈不上是赌棍，因为赌棍总能赢点儿钱回来，而她平均每个月输五百块钱，放到现在来说，就是麻将馆里的一台提款机。那是一九九〇年，我爸爸这个正牌工程师月入不过六七百，顺便说一句，我爸爸除了舞王之外还是麻将之神，有一次他在牌桌上偶遇大飞他老娘，只打了一圈就把大飞家里当月的伙食费都赢过来了，不过后来我又做主把钱还给了大飞。

大飞他老娘有一个很坏的习惯，输光了钱爱把家里的东西押上桌，他家里也没啥古董字画，尽是些日用品，大家并不稀罕，但看在她真的很想赌的分上，赢一个闹钟没所谓，主要赢的是一种优越感，仿佛令她家徒四壁。对大飞来说，十七岁那年，除了穷得像条狗以外，他还得提防着有人（比如我）忽然拿出他老娘的胸罩和内裤来。

有一次他老娘把他父亲的维修工具全都输掉了。这玩意儿可是个好东西，我们那新村里有上千号钳工，谁还不想多一套趁手的家伙呢？东西没能要回来。他父亲急了，暴揍他老娘四个耳光。在我们戴城，靠近上海的文化古城，打老婆是件挺忌讳的事情，尤为邻里所鄙视，但当时大家听到他老娘的惨叫，都说这个女人是该管管了。巧合的是，第二天他老娘竟然赢钱了。自此之后，她仿佛摸到了什么门道，经常打来打去。另一天他父亲生病发烧，他老娘为了转运，从麻将馆冲回家要求老公打她，他父亲实在打不动，据说是大飞代劳，噼啪两个耳光把他老娘打出了家门。他老娘冲到桥上要跳河，被大家救了下来。自此看破红尘，赌性更大，连早饭都不给大飞做了。

这个荒谬之家的故事非常多，足够拍一部肥皂剧。而我要讲的是十七岁的大飞，他在化工技校念书，和我一样，每个月有十五元津贴，在当时够买两包红塔山香烟，或五瓶啤酒，坐火车往返上海一次，请姑娘去舞厅三次（舞票五元，姑娘免票）。总之，十五元可以欢乐一整天，而这个月剩下的二十九天你就得忍受着自己又穷又傻的事实，回到家吃母亲烧的饭菜。每个人都这样，除了大飞，他连早饭都没有，他老娘是人渣。

就这样，大飞去了舞厅，起初他是看场子，每晚能挣五元。后来，他成了全校最有钱的男人。

这件事对我们的打击很大。我、花裤子和飞机头，我们各自拥有一个擅长跳舞的爸爸，但我们都不太会这个，究其原因是我们的母亲太正派太严厉，既然已经有了一个心野的丈夫，就不能让儿子也踏上这条不归路。但是，大飞，他真的没人管。

十七岁的大飞继承了他父亲的身材和相貌，粗壮有力，毛发硬朗，像一棵仙人球。我知道有很多女人就是不爱种月季和蔷薇，就是爱种仙人球，你有什么办法？这其中唯一期待仙人球能开出花来的，是一个叫明明的姑娘，她是旅游中专的女生，她毕业之后应该会穿上漂亮的制服去戴城四星级宾馆里工作，可能是做前台，也可能是刷浴缸。

我们见过她,虽然她不如丹丹、可可或闷闷漂亮,但却十分温柔,有一种母性的美。缺啥补啥,我们的大飞对她一往情深。她唯一的缺点是花钱有点大手大脚,喜欢化妆品,喜欢首饰,旅游中专的姑娘似乎都有攀比的习惯,但这对大飞来说根本不是个事儿,他有一个每月输五百的赌徒老娘垫底呢。

但是在这个故事里她并不叫明明,而是克里斯蒂安娜,因为她是戴城最早拥有英文名字的女孩,并且是和我们一起合计出来的。玛丽、琼、凯特、莉莉,所有这些外国女孩的名字写在纸上,最后我们都认为克里斯蒂安娜更好一些,更特别一些,因为它用中文写起来更长一些。当时是在一家饭馆里,英文名字敲定以后,我们开始吃饭。大飞专门为她点了一盘鸡杂,她喝了半斤二锅头。是的,二锅头,她是我见过的第二个能喝白酒的姑娘,第一个是我妈。她笑眯眯地吃完了鸡杂,而我们几个男的吃着炒螺蛳、炒鸡蛋和花生米,飞机头只喝了一杯就醉了,花裤子说这种酒很便宜,是土匪喝的。克里斯蒂安娜说,在北方,有钱人也喝二锅头。我问她是哪里人,她说她祖籍是唐山,就是那个被八级地震敉平了的城市。她还讲到自己的理想,就是穿着高级酒店的制服,做时髦的公关女郎,做时代的进步女性。稍微喝多了一点,她怜爱地摸了摸大飞的头。这时飞机头已经睡着了,花裤子直愣愣地看着她的手,大概想起了自己暗恋的某个女孩。克里斯蒂安娜的手越过大飞,也摸了摸花裤子的后脑勺,后者忽然情绪崩溃,大哭起来,把睡着的飞机头又吵醒了。等到酒醒以后,花裤子说不清自己为什么哭,只是偷偷告诉我,她的那一摸让他终生难忘。

她本来可以成为我们这个四人小团体的大姐头,毕竟,连最最桀骜不驯的我,都愿意赞美她的温柔和酒量,然而公关女郎的志向与之南辕北辙,她不是马路少女,她没有低级趣味。那一阶段,大飞经常脱离小团体,独自骑车守候在旅游中专门口,那儿是戴城青少年最愿意去的地方,有体育场和体育馆,一条全都是卖流行服装的街,音像店和舞厅,还有一家曼森咖啡馆——一九九〇年的戴城,古旧的火车座咖啡馆已经被淘汰,曼森咖啡馆有一整套咖啡设备,服务员都穿着褐色围裙,夏天开冷气机。大飞就坐在咖啡馆门口的台阶上,抽烟,等待着克里斯蒂安娜从斜对面的校门口走出来。有一天,她出现了,大飞喊道:"克里斯蒂安娜。"她快速地走过来,脸涨得通红说:"以后不要在大街上喊我的英文名字,别人会把我当神经病。再说,你念得太差了。"

旅游中专的学生都爱修习英文,克里斯蒂安娜站在街上教大飞准确地念出了她的名字,然后又禁止他再念。

"那你为什么还要让我(们)给你选英文名字?"大飞郁闷地问。

"因为只有你(们)不会笑话我,只有你(们)会当真。"

在大飞浪荡而无耻的青春时代,他每一次喜欢上某个女孩都会听见夏季发馊的西瓜皮从五楼掉落在水泥地上的声音,他怀疑自己的脑袋砸上去也会是同样的效果，现在，他听到了远方的风铃声，那悬挂在高处的、似乎永远不会坠落的音乐，或是低语。那天，他骑着自行车，把克里斯蒂安娜送回了家，中间特意取道南环一带，特意在乱哄哄的新村里走了一圈。大家都看到了，并且把大飞他老娘从麻将馆里拽了出来，后者老大不愿意，毕竟牌局还在进行中。大家就告诉她：你儿子带着一个身材高挑的姑娘刚刚经过，有人认出那是旅游中专的姑娘，你他妈的一个女赌棍也不知道旅游中专是什么级别的学校，从那里毕业的姑娘都会去涉外饭店工作，最次最次的也是一个导游，挣很多钱哒！大飞他老娘木然地想了一会儿，问道：这样的姑娘会不会很花钱？众人被她提醒，一起打了个寒颤。是的，钱。

我说过了，克里斯蒂安娜很爱花钱，买些零碎玩意儿，这似乎是她的缺点，可她花的是自己的钱，谁也管不着。我们的大飞站在一边看她花钱（甚至有一次她还给他买了件运动衫），心里暗暗着急，嘴上却说不出来。毕竟他也是一个有劳动力的男人，为心爱的女孩去挣钱花钱都在情理之中，可是你知道，那是一九九〇年，一个技校生想出去捞点外快，除了打劫初中生之外，并没有更好的办法。有一次，我们学校组织去五金科研所参观，大飞在地上捡到了十元钱，交给了班主任。

"你应该把钱留下。"我说，"捡到的就是你的。"

"钱是这样一种东西：如果你捞偏门，你在别的地方就得收敛一些，否则，钱会跑掉。"大飞尽量心平气和地解释道，"我在这儿白捡了十块，我老娘就会在麻将桌上输一百。这就是钱的定律。别以为我是个好人。"

现在，在我们的故事里出现了一个非常重要的东西——金项链。

那一天大飞和克里斯蒂安娜走到了祥记金店门口，克里斯蒂安娜随意地晃进去看了看，说实话，那些黄金首饰款式老土，毫无新意，只有上了年纪的女人才会喜欢。可是她却站在一节柜台前面，低头发呆。大飞凑了上去，克里斯蒂安娜指着玻璃台板下面的一根金项链说："能不能拿出来看看？"祥记金店的营业员，是一个眼睛很毒的风骚老女人，她看出克里斯蒂安娜虽然时髦，但身上所有的东西都很廉价，讲话也没什么底气。至于那尾随在她身后的粗壮少年，简直一无是处，除非打劫金铺，否则绝不值得多看一眼。这老女人就倨傲地告诉克里斯蒂安娜："你钱带齐了吗？这条 24K 的项链一千二百元，如果你买不起，我可以给你推荐一条 14K 的，那会便宜很多，一般人也看不出是真是假。"克里斯蒂安娜听完这些话，转身就走。

大飞是一个社会经验丰富的男人，他理解了这种羞辱，但他不敢在金店闹事，免得自己真的被人当成劫匪。他朝老女人脸上吐了口唾沫，在一片骂声中逃到了大街上。

大飞追上克里斯蒂安娜，他以为她在哭，可是没有，她仅仅只是站在街头发了一会儿呆，然后淡淡地说：那个营业员绰号叫小灵芝，她是北环一带著名的风骚阿姨，她是个街逼。那一刻大飞在克里斯蒂安娜眼里看到了杀气，他确信她会成为女白领（这个词也是刚刚流行）。

故事就在这里急转直下，变成了粗鄙的笑话。那年夏天，大飞找到了一份活儿，在北环的舞厅看场子，整个暑假我就没怎么见到他的人，也不知道他具体在哪个位置。十七岁的少年去娱乐场所做保镖是件危险的事，那时候的舞厅，早场和午场是中年人参加，尚且讲点规矩，到了夜场全是些荷尔蒙旺盛的小青年，稍不如意就会把舞会变成打架、猥亵、抢劫的现场，如果为了一点小事就把警察喊来，那这舞厅很快就会被吊销执照。看场子的保镖必须用自己的拳头来告诉闹事的舞客：不会有警察来，今天你死定了。

然而我们的大飞尽管看上去凶悍、狂妄、粗壮，其实胆小而理智，他从不觉得拳头能讲清道理，他长成这副鬼样子真的很可惜。当他跨上自行车去上班时，夏季的夕阳或是乌云在天边或是他的头顶，看起来悲壮极了。他老娘会在麻将馆里向大家骄傲地宣布：我儿子已经可以赚钱了。大家很想提醒她，你儿子是去给黑社会做打手，但大家面对这个女人已经无话可说。

有一天一个眼尖手快的阿姨在麻将台上指出，大飞最近出门穿的都是火箭头皮鞋和一种十分怪异的飘飘裤。大飞他老娘犹不明所以，她只是觉得火箭头皮鞋挺贵的，不如省下钱来给她赌一把。我爸爸在一边，意味深长地说："年轻人给舞厅看场子，总不免会玩一玩，不用担心。"那阿姨也意味深长地说："就看是什么舞厅了。"总之，大飞他老娘是一句都没听明白，她只认识麻将，不认识社会。她后来觍着脸找大飞借钱，全在众人意料之中。

九月开学那天，我们终于见识到了全新的大飞，他穿着刚刚拆封的硬领白衬衫，折叠纹路清晰，脚下是一双棕色的火箭头漆皮皮鞋，书包也换成了人造革公文包。他的裤兜里装着硬壳红塔山香烟，衬衫兜里插着一枚金色的电子打火机，最夸张的是他的飘飘裤，裤腰上打了十八个褶子，往裤裆里再塞一只公鸡都没问题。他就这么走进了学校，被教导主任拦住，没收了香烟和打火机，勒令脱下飘飘裤站在楼顶反思。天气还没有变凉，他的衬衫下摆盖住了内裤，露出两条刚刚发育出来的大毛腿，从平地向上望，别说是女生，就连我都有点不好意思。然而大飞在楼顶上抖着腿，眺望远方，大声唱起了他最喜欢的歌：

寂寞午夜别徘徊，快到苹果乐园来！

也就是在那年九月，戴城最豪华的雅菲大酒店在西郊落成，它跨出了护城河大桥，离市区至少两公里，对这座不太大的城市而言，两公里足够远了。一条荒凉的六车道快速路从酒店旁边经过，再往前走干脆就断了头，几台挖掘机懒洋洋地工作着，也不知道这条路会通往哪里，前方是农田。

我们站在雅菲大酒店下面，它有二十层高，外墙米白，每扇窗户都是天蓝色的。在此之前，我只在上海见过这么高的建筑。后来，我们磨磨蹭蹭地走到酒店门口，克里斯蒂安娜站在旋转门边，她穿着湖蓝色的旗袍，身上斜背着红色的绶带，双手交叠垂放在自己的腹部。

"轻工局在这里开会，我做礼仪小姐。"她换了个姿势，懒洋洋地解释，"大飞呢？"

"大飞去看场子了。"飞机头说。

克里斯蒂安娜摇摇头，在原地跺着脚。"我腿都肿了。"

"在这里站一天能挣多少钱？"

"十块。"

"大飞去看场子一晚上只有五块。"

"我是为了到这里来上班才做礼仪小姐的，"克里斯蒂安娜低声说，"大飞难道想混一辈子黑社会吗？"

克里斯蒂安娜不想再和我们谈起大飞，有一个门童打扮的男人走过来喊了她一声"明明"，我们全都识趣地退到后面。那男人笑着和她聊天，趁这工夫，我们三个人走进大堂参观了一圈，在皮沙发上坐了坐。雅菲大酒店是五星级酒店，它不会像其他地方那样赶我们出去。一些穿深蓝色制服、胸口佩戴金色徽章的姑娘从我们眼前走过，克里斯蒂安娜穿着这样的制服一定很像回事，旗袍不大适合她。与此同时，我想到了大飞的飘飘裤，我感觉他正光着两条大毛腿飞到别的地方去，飘飘裤是他的翅膀。

我们再次见到大飞时，谈到克里斯蒂安娜，他显得焦虑起来，问我们，她还知道什么。我说，她对你去做黑社会给人看场子这件事，似乎不满。大飞努力吸着手指缝里的烟头，变得非常忧郁，后来他又问起了门童。我只好劝解道："你和门童没什么区别，你是舞厅门童。什么时候带我们去看看你的场子？你挣这么多钱为什么不请我们吃一顿？"

大飞再次提起了那根金项链。

"我要把明明喜欢的那根金项链买下来。"这一次，他也喊她"明明"了。

接下来发生的事情，出乎我的意料，却被我爸爸一早猜中。中专技校每个星期三下午照例停课放假，由我们这帮人到校外去胡闹。大飞在总务科的一堆破烂桌椅之间偷偷换上了他的飘飘裤，然后狂奔到车棚，跳上自行车远去。他根本没注意到我们在后面跟踪，车速飞快，一直往北环去。

"有一次他说漏了嘴，他告诉我，那家舞厅叫春光舞厅。"飞机头说，"可是我问了一圈也没人听说过。"

北环一带有很多舞厅。大飞骑了很久，一直到靠近火车站的某条街，这里很安静，星期三下午不用上学的中专技校生们，正在一间门面敞开的游戏房里玩桌球，打魂斗罗。街边也有三五个神情古怪的无聊少女，模拟着八十年代流行的吉特巴，舞步松散，姿态很不入流。大飞没有在这里停留，他一直向前，到这条街的尽头，一个丁字路口，然后他下车锁车，径直跑进了一个地下室。是的，这就是春光舞厅，它并不矗立在地表，它是一个用防空洞改造的娱乐场所。那时候叫做营业性舞厅，我觉得这个术语真是太棒了。

我们在门口抽了根烟，然后才晃进去，下午炽烈的阳光使我的瞳孔一下子适应不了，盲了好几秒钟。经过一条挺长的甬道，日光灯噼啪闪烁，两侧的墙上贴着流行的小虎队、少女队海报，一直往里走，听到音乐的声音。舞厅门口挂着厚重的门帘，有一个秃头男人坐在凳子上，他看了看我们。

"找大飞。"我说。

秃头问："谁是大飞？"

"就是刚才走进去的那个。"

"哦，"秃头说，"他在我们这儿叫小帅虎。"

我和花裤子都笑了。飞机头严肃地说："我是化工技校的刘文正。"这时有两个风骚的阿姨从外面进来，走过我们身边，其中一个阿姨顺手捏了捏飞机头的耳垂，勾勾手指，然后她们就进去了。飞机头大概是被电了一下（他当时还不知道自己的 G 点在耳垂），站在原地发呆。秃头用邪恶的口气说："进去吧，她在等你。"

我们掀开门帘进去。

那舞厅和我从前所见的非常不同，最大的不同是，它黑漆漆的啥都看不见，没有射灯，没有球灯，没有白炽灯，我们站在黑暗中不知道该往哪儿走。音乐轻柔，音乐中伴随着女性低低的呻吟，和我们看过的毛片非常相似。花裤子说："这可能是床头音乐，用来催情的。"我想问，在这种音乐声中，该怎么跳舞。后来音乐停了，乱七八糟的呻吟还在继续，我觉得自己掉进了一个巨大的春梦里。花裤子说："太奇怪了。"当我点亮打火机时，我们被眼前的场面惊呆了，首先我看见大飞就在我身前五米远，他抱着一个阿姨；其次我看见飞机头被一个阿姨抱着，已经挪到角落里去了。这时大飞挣脱了阿姨，走到我面前，吹灭了打火机。

花裤子解释说："大飞没有在看场子，他在做牛郎。"这时飞机头那边传来呻吟，事情简直乱套了。大飞说："你们先跟我出去。"大飞钳住了我的胳臂，把我拽出舞厅，出去之后发现他另一只手还钳着花裤子的胳膊。秃头在一边淫笑，大飞一直把我们拽到了街上。

为了平复心情，我们在街边点起香烟。花裤子同情地看着大飞，向我解释说："这种舞就是 bo，用手摸的。"

我问："bo 字怎么写？"

花裤子说："我也不知道。"

我们看着大飞，后来，我和花裤子实在忍不住了，全都笑了起来，简直快笑昏过去了。大飞把香烟恶狠狠地扔在地上，用脚踩扁，大声说："不要告诉明明！"我们拍着他的肩膀，一边笑，一边说，是的，是的，不能告诉明明，不能告诉克里斯蒂安娜，也不能告诉你爸。

"你买到金项链了吗？"花裤子问，"如果你买到金项链却又失身在这个地方，那金项链又有什么意义？你还不如买几件新衣服，然后忘记明明。"

"她不想在戴城工作了，她要去南京，那里的酒店更好。"大飞黯然回答，"金项链只是我送给她的一个纪念品。"

这下我们都笑不出来了，想到大飞将要永远失去克里斯蒂安娜，我也有点伤感，又抽了一根烟。然后我们发现身边似乎少了一个人。飞机头呢？飞机头还在那个舞厅里。我们再次冲进地下室，这时飞机头提着裤子从里面出来了。秃头问："刘文正，射了吗？"

飞机头哭丧着脸大喊："那个阿姨实在是太难看了！"

这就是我们十七岁那年勇闯春光舞厅的事情。出于好奇，我还想再去一次，但飞机头说，千万不要，可怕。至于可怕到何种程度，他不肯说，大飞也不肯说。后来可能是因为太可怕了，公安局把这舞厅整个抄了，那时大飞已经离开了岗位，他攒够了钱，买了一根 24K 的金项链。然而不知道是谁说漏了嘴，全世界都知道了这件事。

这并不是结尾。

关于这种我始终没看清全局的舞蹈，在一九九〇年代的戴城，暗暗流行。这种舞厅就像吃白事饭的馆子，外表看上去差不多，要是误闯进去，那可就算你倒霉了。后来我问我爸，bo 是什么舞，他含糊其辞，讲不清楚。花裤子问他爸，挨了一个耳光。最后是飞机头的爸爸告诉我们：这是一种极其下流的舞蹈，不知道是谁发明的，跳这种舞的都是一些欲望无处发泄的男人和女人，他们像野狗一样在公开场合做这个，最后往往会付出惨重的代价，那就是身败名裂，送去劳动教养。作为一个在风月场中游刃有余的理发师，他认为大飞是被人陷害了，因为大飞只有十七岁，根本控制不住自己的欲望。这时，他摸了摸飞机头的脑袋，语重心长地说："你要控制住自己。"飞机头惊恐地看着我和花裤子，做了一个噤声的手势。我发誓，我不会把他的遭遇告诉任何人。

所以说，我们常年嘲笑大飞是个舞男，其实只是他生命中极其短暂的一段污秽时光，他后来还是变成了一个正常人。春光舞厅是否在他的记忆中留下烙印，我不清楚，每当我回忆起它，总觉得是一个神秘的漩涡，会把我身上所有的汁液都吸干，但吸干了到底是啥滋味，我就想象不出来了。

我们没有再遇到克里斯蒂安娜，戴城的秋季和冬季都十分乏味，有一些女孩经过我们身边，那个身败名裂的男人在很长时间里都成为大家取笑的对象，就算是最正经的女孩看见他都会抿嘴一笑，这时你就会猜测，她们其实已经很懂人情世故啦。渐渐地，他变得无所谓了，他根本不在乎世俗的目光，就像他老娘一样桀骜不驯地在麻将台上继续输钱。次年春天，克里斯蒂安娜写信给他，约在曼森咖啡馆见面，她即将启程，离开戴城。

大飞独自一人来到了曼森咖啡馆，外面下着雨。现在，大飞是化工技校最有钱的男人，尽管他已经不再做舞男，但他结交了一些神秘的阿姨，她们中间很多人都能帮他时不时地挣一份外快。他坐在曼森咖啡馆里，就像一个打手、小开和旧情人的混合物，等待着克里斯蒂安娜的出现。他还点了一壶咖啡，然后掏出硬壳红塔山香烟，高傲地吸了起来。他的兜里藏着那根金项链，装在一个红色的丝绒小盒子里。他决定把这份特殊的礼物送给克里斯蒂安娜，那到底是项链还是锁链，实在也没人能搞清。

他在靠窗的座位上坐了很久，店里只有他一个人，克里斯蒂安娜一直没来，雨也没停。他慢慢地喝完了一壶咖啡，不知道该怎么加糖加奶，那滋味不太好，但还是坚持喝了下去。他想，等克里斯蒂安娜出现以后，啥都不用再解释了，放下礼物，放下一张钞票，他就走进雨中。后来他发现自己抽掉了足足十根香烟，心脏发出咚咚的巨响，尼古丁和咖啡因混合起来在他的血管里起了反应，他站了起来，脸色煞白地走到柜台前面，那女服务员还没来得及说话，他就一头栽了下去。

大飞没能见到克里斯蒂安娜，事实上，她出于某种原因，爽约了。我们在医院里见到他时，他已经醒了过来，心脏又恢复了正常跳动。飞机头说："你可能是肾亏，你要注意保养了。"

大飞点了点头，他的手伸向椅子上的外套，试图摸出那个丝绒小盒子。这根金项链是他卖身换来的东西,即使没能送给克里斯蒂安娜,也应该留下,送给他将来的老婆。他有点伤感,却摸了个空。在我们到来之前,这根项链被他老娘翻了出来,偷偷带走,当晚押到麻将台上输得无影无踪,他也就没什么可伤感的了。

为闷闷写下的六页纸

为闷闷写下
的六页纸

有人觉得哀怨吗

纺织中专的女孩闷闷，身高一米六，杏眼红唇，嘴角有一粒痣。她似乎爱上了化工技校的男生，矢志不渝地想要和他们成为朋友。等到我们班四十个男生入学之后，闷闷算是开了眼界，她想赐给我们每人一个初吻，这念头绝对疯狂，照理不应该说出来。后来她不承认自己说过这话，也许是其他女孩在编派她呢？

纺织中专是一所烂学校，它隶属于纺织系统，同一校园内还有纺工职校，那就更差了。中专毕业毕竟是干部编制。后来我们算了一下，按中考的成绩，我们班有三分之一的人都可以去纺织中专念书，并且，那学校非常欢迎男生加入。为什么我们当时竟没有选择它，偏偏选择了低一个档次的化工技校？显然，我们对纺织行业充满了偏见，而对化工行业充满了无知。

我们所知道的，闷闷的班上只有三个男生，一个绰号叫太监，一个绰号叫公公，还有一个我想不起来了，大概是鸭子。这三个男生每人拥有一打以上的女朋友,简直把我们羡慕死了。而闷闷,她不屑地说,那三个男生很快就会和她们一样来例假的。措辞十分粗俗,不再展开。

她告诉大飞,自己的偶像是刘松仁。大飞让她换一个年轻些的,刘松仁看上去有点老。

"只有你才老。"闷闷说。

我们蹲在戴城音像社门口,那里卖正版磁带,高大的梧桐树遮住了阳光。一些狂奔而过的同龄少年像是在被人追杀,另一些,则有气无力地骑着自行车,车龙头左右摇晃,你在他们身上看不到一丝朝气蓬勃的样子。只有我们,围在闷闷身边,感觉相当不错。她的嗓门大极了,她要偷走音像店墙上的刘松仁海报。

"刘松仁并不是一个歌星,请问他的海报为什么会在这里?"大飞问。

"你有意见吗?"闷闷反问。

大飞靠在音像社的柜台上,再次向里面张望,营业员阿姨指着他说:"要买磁带就买磁带,不买就滚。"大飞指指海报,表示他愿意花一块钱买下它。那阿姨说:"白痴,这是国营店。"这时,闷闷就走了过来,向大飞解释:国营店意味着它是计划经济下的产物,它卖出去的每一样东西都必须能够入账,而海报是非卖品,入不了账。

"否则的话,你可以把这阿姨都买下来。"闷闷说完这个,那阿姨抄着手里的扫帚就往外冲,我们全都逃走了。

我们回到化工技校门口。这时我多嘴说了一句："其实昊逼长得蛮像刘松仁的。"花裤子和飞机头一起看着天，思量了一会儿，点头表示同意。大飞摇头说："昊逼是个结巴。"可是闷闷已经被我的话点燃了，她简直按捺不住自己荡漾的心。

"谁是昊逼？"

"就是我们班成绩最差的那个。"大飞介绍说，"而且他真的是个结巴。"

"我不管，我要见他。他真的很像刘松仁吗？"

我们一起点头。

"把他叫出来，我要和他发展一段感情。"

我们跑回教室，找了一圈，最后又回到校门口，告诉闷闷，昊逼因为发烧而病假，他身体弱，经常头痛脑热不来上课。大飞又陈述了一次：对，没错，他是个结巴，成绩很差。

"我不管，我只要他像刘松仁，尽快安排让我见他，否则你们就别想再见到我。"

第三天，也许是第四天，昊逼来上课了。他是我们学校著名的半残废，在十七岁时，他的头发已经花白，并且留得很长，遮住了一个眼睛，到达了校规的极限。午饭时间，我们围住了他。我看着他露出来的那个眼睛，告诉他，有一个烈焰红唇的美女想要见他。昊逼是个结巴，他还没讲出一个完整的句子，我们就失去了耐心，往他头上盖了一顶棒球帽，随即把他架出了校门。

"她不会把你怎么样,最多夺走你的初吻。"大飞说。

我们再次来到音像店前面,刘松仁的海报还在,闷闷无聊地靠在梧桐树上,既不抽烟,也不唱歌。我们把昊逼拖过来,扔在她眼前。说实话,对比海报,他比我们中间任何一个都像刘松仁。闷闷上下左右打量着昊逼。

"真的有点像。"她说。

"我不会骗你。"

"你不要说话,让他自己说。"闷闷制止了我,然后,继续研究昊逼,"你叫什么名字?"

我们的昊逼真的紧张起来,他从来没有被一个姑娘凑得这么近的打量过,他感觉自己是在经受一种奇异的刑罚,那会让他讲出有生以来所有的伤心事。可是,他结巴了,他连自己的名字都说不出来。

"真的是个结巴耶。"闷闷赞赏道。

我们一起靠在墙上,大飞点了根烟,我们四个人轮流抽着。一些无聊的少年们在浓荫下狂奔而过,多么无聊的季节。我们打算抽完这根烟就离开,把昊逼留给闷闷。这时,闷闷伸手摘掉了他头上的棒球帽,然后我们听到了一声尖叫,街角分贝器上的数字直接跳到了80。

"你的头发为什么是白的?!"

"我天生哒!"昊逼也大声喊道。

闷闷一把揪住了昊逼的头发,致使他的两只眼睛全都暴露在日光下。接着,她把昊逼直接拽到了音像社的柜台前面,再次用力揪他的头发,让他看着海报上的刘松仁。柜台里面那阿姨已经吓得不敢说话了。

"你这个骗子!你老得就像刘松仁过气时候的样子。"

初见你的星

在化工技校门口,闷闷等着我们。她从书包里翻出一本书,那上面画着很多奇奇怪怪的图样,像鬼画符似的。显然,我们都不爱看书,对少女们所喜欢的言情小说完全没兴趣,正想一哄而散,闷闷用她的高分贝嗓音重新聚拢了我们:

"操你们全体的,跑什么?过来看书!"

我们不得不把注意力回到那些鬼画符上。闷闷介绍道:"这是星座,你们他妈的听说过星座吗?"我们一起摇头,这其中我是最有文化的,我读过托尔斯泰的小说;飞机头是最见多识广的,他去过广州;花裤子是最深沉的,所有搞不清的问题他都能自圆其说;而我们那位钟情于闷闷的潇洒男人大飞,在她面前,他无所不知,他把内裤撑破也绝对不会承认自己是个无知的男人。现在,这四个男人一起摇头。闷闷得意极了,她告诉我们:"这是台湾的书,这本书讲的是星座,世界上一共有十二个星座,而你们每个人都有一个星座对应,就像你们的属相。"

"我属牛。"

"我属牛。"

"我也属牛。"

我们三个说完就想溜,只有大飞属老鼠,他正在翻看着星座之书。

"操你们全体的,"闷闷继续骂,她总是这么骂,"星座是按每个月来分的,而且不是月头月尾,是从中间分起的。所以,想知道你们是什么星座,必须到我这本书上来查。"她很兴奋,一把从大飞手里抽走了书,让他看着自己的手指足足三秒钟,"把你们的生日报出来,我来告诉你们星座。"

"我为什么要知道这个?"花裤子厌倦地说,"知道了又有啥用?"

"你他妈的为什么总是一副阳痿的样子?"闷闷很扫兴地问。

我只能打圆场,"花裤子刚刚被学校评为年度资产阶级自由化落后分子,他不但违反了学纪学风,而且在教育局抽查的时候竟然没有背诵出戴城技校生十二项纪律,他居然还耷拉着脸问校长为什么要背纪律。校长给了他一个耳光,他现在心情很不好。"

"太可怜了。"闷闷伸手,在大飞的注视下抚摸了花裤子的左脸(其实校长打的是右脸),"我知道你是2月28日生的,你是双鱼座,排名最后一位的星座。你注定遭遇到这种倒霉事儿。"

"这他妈的跟我是双鱼座有什么关系?"

"双鱼座的男人是最烂污,最靠不住,最糊涂,最神经质,也最有艺术气质。这是书上说的。"趁着花裤子回味的工夫,闷闷转向了飞机头,"你呢?"

飞机头说："我中秋节生的。"

闷闷翻书，然后才反应过来，中秋节是阴历。她又骂了一通，让飞机头好好回忆他的阳历生日是哪天，然而飞机头却想不起来。

"我年年都是中秋节过生日的啊，我哪记得阳历是哪天？"飞机头哀号起来，"我他妈的从来没吃过生日蛋糕，从来吃的都是生日月饼。"

"你这个阴阳人。"闷闷骂道，"现在我查清楚了，你可能是处女，也可能是天秤。"

这让我们一起大笑起来。飞机头继续哀号："什么他妈的处女？我怎么可能是处女？"闷闷用手里的书拍打飞机头的脑袋，骂道："处女星座！然而也可能是天秤星座！你这个臭流氓。"

"那么请问我到底是个什么样的男人？"

"差别太大了，"闷闷严肃地说，"处女座的男人非常叽叽歪歪，看什么都不顺眼，什么都不想要；而天秤座的男人看什么都很顺眼，看什么都想要。所以你最好搞清楚自己的阳历生日是哪天再来问我。"

现在，轮到我报生日了，我刚说出口，闷闷就跳了起来："你是人马座！"我有点发呆，搞不清她为什么这么兴奋。"人马座就是人头马，就是XO，非常帅气的星座，和我最相配，我是天蝎座的！"

她这么一说，我倒不好意思起来，尽管她解释了人马座和天蝎座的各种性格要素，但是说实话，我情愿找另一个比较安静的天蝎座女孩，而把闷闷本人留给大飞，只有大飞受得了她的性格。终于，我们的大飞嫉妒难耐，在一边发话说："我一直想知道人头马到底有几根鸡鸡。"

"一根。"飞机头说。

"两根。"大飞说，"前面一根后面一根。"

"你这个臭流氓。"闷闷照着大飞的鸡鸡虚拟地踢了一脚，这是他们俩调情的方式——至少有一次，她不小心真的踢中了，因为大飞的腿有点短，如果大飞有两根鸡鸡的话我认为一根应该负责被玩一根应该负责被踢，这样他们就会永远开心，不用把我给卷进去了。

"快点告诉我，我是哪个星座？"大飞搭着闷闷的肩膀，大声问道。

"你是河马座。"闷闷认真地说。

"河马座？"

"对，腿短，嘴大，鼻孔扁平，眼睛鼓鼓的河马座。"闷闷把书藏在身后，"我真的不骗你，你是河马座。"

就在这当口，花裤子撒腿跑掉了，然后，飞机头也跑掉了。校长出现在我们身后，一把抽走了闷闷手里的书。

"操你……"闷闷一边回头一边只来得及骂了半句。

"你们在干什么？这是什么书？"校长威严地说，"学校不准带武侠小说和言情小说进来，难道你们不知道吗？你们男男女女居然还在学校门口勾肩搭背，刚才我似乎听到了有人用非常下流的话在大放厥词，你们现在给我站到墙根去，就站在那排标语前面，然后问问你们自己,是不是又动了小脑筋、打起了小算盘?"

和校长没有任何道理可讲,我乖乖地站到了墙根。闷闷嘟哝道:"我不是你们学校的。"但那毕竟也是我们的校长,听说和她们纺织中专的校长是青梅竹马,她不得不退到一边,哭丧着脸注视着校长手里的书,似乎期待他能把书还给她。然而这更加引起了校长的注意,他终于打开了书,紧锁眉头看了一会儿,往前翻了几页,又往后翻了几页,并且频频点头,似乎这本薄薄的小册子真的很有意思。要知道,过去他搜到金庸的武侠或是琼瑶的言情,都是像日本鬼子撕开妇女胸罩一样,把书撕成两半。现在,他竟然读了起来,真是不可思议。

"校长,校长,"大飞觍着脸,温柔地说,"这是一本星座的书,不是言情小说。我的星座是河马座,您是什么星座?"

我们的校长,低头盯着大飞的脸,看了一会儿。他忽然举起手里的书,照着大飞谄媚的大嘴、扁平鼻孔和鼓鼓双眼用力砍了下去。

"这是一本讲迷信的书!你这个混蛋!"

闷闷就是刘菲

阳光像是按住了城市,猛烈喷射热量,这是暑假里酷热无情的下午,你等待下午四点以后的暴雨,你走在吸干一切的阳光里会变得同样无情,然后发现自己身体里流淌着一场灾难,就像暴雨可能落下,可能消失无踪。

我和花裤子晃到蓝国游戏房，他不爱玩游戏，我的手指伤了。老板给了我们一沓身份证，那是近两个月来在此租游戏卡的人，他们宁愿去补办一张身份证，也不打算归还游戏卡，不打算付每天两元钱的租赁费，不打算拿回五十元押金。这全是些刚刚拿到身份证的小崽子，他们不知道这玩意儿有多重要——说实话，我也不知道，我被交警拦下自行车的时候他们根本不要看我的身份证，只要我交出两元钱的罚款。在我们这座城里，本地口音就是身份。

我们拿着那沓身份证去找事主，老板答应我们，每要回一盒游戏卡，就付给我们五块钱车马费。一共十六张，我们得跑遍全城。

我们很快意识到这件事本身就像一局电子游戏，魂斗罗或是超级马里奥。我们有两条命，我们不想带上更多的人。

事情一点也不顺利。比如那个叫王志忠的，他住在北环铁路边，那一带根本没有树荫，到目的地时我们已经热晕了，远处的锃亮铁轨似乎直接烫伤了我，王志忠却不在，只有他外婆在家，我们总不能推开一个七十岁的老奶奶然后冲进她家里洗劫。这个好心的老奶奶还给我们喝了一桶井水。又比如居建伟，根本就是我们的朋友，遇到麻烦经常会请他帮忙。我们忙活到中午两点，仅仅是在一个念初中的小孩家里强行拔走了游戏卡，他用的是他老娘的身份证。

夏季的街道过于安静，大人们在工厂和机关里上班，老人们在午睡，青少年蜷缩在他们隐秘的角落里。到处都是蝉声，我们坐在一棵柳树下,翻看着剩余的身份证。花裤子指着其中一张问我,这是不是闷闷。

那是一个叫刘菲的女孩,十八岁,住在南林新村2幢501,从照片上看,她是一个大脑袋、扁面孔、满脸不悦的女孩,和我们认识的闷闷完全不是一个格调,但看上去又很像是她。闷闷叫什么名字?我想了一会儿,也许我们的关系太近了,也许天气太热,我竟没有能够回忆起来。

"但闷闷确实是住在南林新村。"花裤子说,"具体哪幢不知道。"

"南林新村只有两幢房子,不是这幢,就是那幢。"我说。

这个下午我们已经耗尽了体能,只剩下一点伤感,也许去找那个叫刘菲的女孩比较合适,别管她是不是闷闷了。我们骑车来到南林新村,它在一片破落的平房之间,灰黄色的墙面上布满细小的裂纹,楼底下有浓重的泔水气味,不知道谁家正在用大功率音响放着歌。楼顶上长了一棵泡桐树的,就是2幢。我们停好车子走上去,避开了过道里的各种杂物以及一只看上去快死掉的狗,一直走到五楼。

我们敲门,过了好久,一个瘦削的青年打开了一道门缝,我一眼就认出他是闷闷的哥哥,两人长得太像。我也看清他光着身子,只穿了一条三角裤。我得告诉你关于那个时代的装束:夏天,男人们真的可以穿三角裤在街上走,只要他不勃起,就没啥问题(有时候我们甚至搞不清游泳裤和三角裤的区别)。这样的男人在家里穿三角裤就更没问题了。我和花裤子一起笑了起来,闷闷她哥愣了一下,穿着三角裤走出来扇了花裤子一个耳光,他还想扇我的时候我早就跳出去了十米远。

我看见闷闷出现在门口,她穿着一件半透明的睡裙,一句话都不说,把她哥拽回了屋子,然后她走出来,关上门,背靠着门框瞅着我们。花裤子正扶着墙,目睹自己的鼻血滴滴答答落在地上。

闷闷陪着我们走下楼,走到弥漫着泔水味的地方,她穿得太性感——那年夏季最流行的女装,女人们声称这是从上海流传而来的风潮:半透明睡裙,隐隐露出里面的乳罩和内裤,脚上趿一双珠光色的半高跟塑料拖鞋,走在街上,走在商场,走在菜场,走在一切可以让人看到的地方。现在看起来,花裤子的鼻血不像是打出来的,而是被闷闷勾引出来的。闷闷递上了手绢。

"你为什么会去蓝国租游戏卡?"我问。

"是我哥用了我的身份证。"

"身份证是个很重要的东西。"

"无所谓。"

一阵风吹来,闷闷的睡裙像波浪在荡漾。我有点走神。花裤子擦干净鼻血,那块手绢没法用了,他将它塞进裤兜,然后从上衣口袋里掏出了闷闷的身份证,还给了她。

"先放你那儿吧,我身上没有口袋。"闷闷说。

花裤子沉默了一会儿,问:"你和你哥,平时在家都穿成这样吗?"

闷闷低着头,过了好久才低声说:"关你屁事。"

花裤子问:"你爹妈不管管吗?"

闷闷说:"我爸去年死了。"

我们听着飘荡在空中的蝉声和歌声,那是一曲关于爱的歌,用日文唱的,它应该是那本叫做《超时空要塞》的动画片里的插曲,歌名叫做《可曾记得爱》。如果不是为了这趟差事,此刻我应该躲在家里独自看着动画片。

"让我开心一点吧,带我去兜风吧。"闷闷说,"你们带过穿睡裙的姑娘兜风吗?趁这会儿街上没什么人。"

"真格的,这还是第一次。"花裤子跨上自行车,"坐到我后面来吧,刘菲,不要辜负我为你流的鼻血。"

教育课

我们参加了一场全市中专技校生的安全轮训,在一幢奇奇怪怪的大楼里,四面窗帘密闭的阶梯教室,有一个长相凄凉的女科长为我们播放了幻灯片。这是我第一次看到幻灯片这种东西。女科长指出:生产安全很重要,尤其是我们搞化工的,我们可能会被炸死,也可能会被电死,或者被硫酸喷死。此类说辞虽然令人头皮发麻,但我已经听得太多,我甚至把它写到了日记里,打算后半辈子翻出来当笑话讲。为了引起我们的注意,女科长播放了幻灯片,事实上,那仅仅是几张图像模糊的黑白照,其中有一些死者的照片,还有一些残肢断手。可惜,这套东西我们也见多不怪了，本校安全教育走廊里常年贴着类似的照片，彩色的。大飞适时地向女科长指出：一部分被切下的手指应该是轴承厂的特产，他们那儿的车床比较多。我们让大飞少说几句，因为黄毛的妈妈就是轴承厂的女工，她的四分之一个脚掌被削掉了。为了照顾黄毛的情绪，我们不应该提轴承厂。可是那女科长很不高兴，她顺着大飞的话讲了下去，讲的全是轴承厂的悲惨的生产事故。她说开车床不能戴手套，女工不能留长发，因为手套和长发容易被机器卷进去。这时大飞又他娘的抬杠说，不是不能留长发，而是必须把长发盘起来；另外，这也不是轴承厂的专利，包括纺织厂在内都是这条规矩。女科长就把手里的硬面抄摔打在讲台上，让大飞上去讲课。她还说了很多难听的话，甚至祝愿大飞的手指被车床削掉。这时，黄毛站起来对女科长说，你开过车床吗，你知不知道车床是怎么把人的脚削掉的，有时候，甚至是一条腿都卸了下来。我们全都一脸蒙圈，包括女科长在内。黄毛就说，绝对不是因为把脚塞进车床了。女科长想了半天还是没明白。黄毛说，你照本宣科念念材料有啥资格来给我们做安全培训？女科长像刺客一样飞出手里的硬面抄，那玩意儿既不像镖也不像流星锤，研究认为是血滴子，或是东北二人转抛手帕的招数。总之，它要是金属制品的话，黄毛的脑袋就会被削下来。这位女科长愤然离去，来了一位男科长，他说原定两小时的安全培训课现在延长为四小时，我们必须做完五张安全培训考卷之后才能离场。然后，班主任陈国真也冲了进来，让黄毛解释一下腿是怎么被削掉的。黄毛偏是不说。陈国真在做老师之前是一位军人,他有没有打过仗我们不清楚,但他肯定没去过金加工车间,也不知道车床该怎么玩。这时,男科长又抄起第二本硬面抄,打算近距离砍下黄毛的脑袋,黄毛非常生气,从裤腰里拔出一把钢锯做的匕子,插在桌子上。这种匕子是我们在金加工车间里自制的,45度尖头直刀,开刃,刀背有锯齿,用布条扎一下就是刀柄,有点像蓝波的猎刀,但没那么长,而且比较脆,容易折断,但硬度足够,能插死一头牛。我们做了五六十把,可以开刀子铺了,但我们谁也没想到黄毛会在上课时亮出这家伙。男科长吓坏了,这时陈国真冲过来给了黄毛一个肘捶,又给了一个标准的过肩摔,黄毛四仰八叉倒在地上。陈国真安慰男科长,说这帮学生都很顽皮,他们带的也不是刀子,而是锯条片,不用太当真。男科长决定报警,把黄毛送去劳教。陈国真也生气了,叉住男科长的脖子骂了一通,意思是这帮学生明明是文盲,惩罚他们的最佳办法是让去操场上跑五十圈,而不是做五张考卷。黄毛跳起来找他的刀子,那玩意早就被我们藏起来了。我们按住了黄毛,告诉他:老师这是为你好,别他娘的再犯浑了。接着,十几个科长冲了进来,陈国真和他们谈判,其结果是黄毛向科长们赔礼道歉,并且收缴我们携带的所有凶器。那天下午一共搜出来七把刀子,十来根未加工的钢锯片,一根钢窗把手,两把指虎,两根自行车链子,一把塑料水枪,还有两本《龙虎豹》杂志。到我这儿,我上缴了一个二踢脚。他们认为我携带火药更可怕一些,但陈国真替我解释:炮仗不是雷管,不要紧的。然后给了我一个耳光,问我带这东西干吗。我说我表姨昨天结婚,我从她新房里顺来的。这时,原先很生气的科长们,对陈国真充满了敬佩,认为他能活着把我们教育成这样,是奇迹。

我们直到天黑才离开,在几个路口做了几次鸟兽散,只剩下飞机头和花裤子陪着我。我挨了一个不轻不重的耳光,心情很不好。

"到底车床是怎么把人的脚给削下来的?"我大声问道。飞机头和花裤子都摇头,表示不知道。

我们经过了南林新村附近的街道,天气转凉,早秋的细雨落了下来。我们看到闷闷穿着睡衣,趿着塑料拖鞋,在一间电话亭里打电话。灯光照在她身上,她是整条街上唯一一闪亮的人。

我们走过去。那电话亭是新造的,不过其中一块玻璃已经没了。闷闷手持电话听筒对着我们扮鬼脸,她的睡衣仍然是半透明的。

"给谁打电话呢?"

"并不给谁打电话。"闷闷的手伸出电话亭,摸了摸我的脸,"你被人揍了。"

"不给谁打电话你为什么在这里?"我说,"啊,你一定是出来显摆你的睡衣了。"

"你懂个屁。我在打传呼机,我有个朋友新买了传呼机。我呼了他,然后等着他回我电话。"

"你如果不把听筒挂上,他一辈子也打不回来。"花裤子说。

"原来如此。"

闷闷挂上了电话，然而铃声没有响起，她又等了一会儿，变得兴意阑珊，终于，她推开电话亭的小门，走了出来，走到不那么显眼的地方。她打了一个细弱的喷嚏，说："算了，我有点冷，我要回家了。你们不用跟着我。"

她的拖鞋发出踢踢踏踏的声音，我看着她的小腿，远处车灯照过来，我看着她整个身体的黑色轮廓在强光下渐渐走远。

"车床是怎么把人的腿削下来的？"隔着十来米远，我大声问她。

她没有停下，只是微微回过头，告诉我："车床车下来的铁丝硬度很高，而且很薄，像刀锋一样。铁丝如果没断，被车床带动着在地上翻滚，就会把腿削掉。如果速度够快，你甚至感觉不到疼。"她说着，向后勾起小腿，用自己尾指的指甲在腿肚子上飞速划了一道，然后冲我眨了眨右眼，迎着那道强光消失了。

和闷闷一起失重的年月

我和大飞骑着自行车，从日晖桥上张开双臂驶向街道，这个动作在北京话里叫"大撒把"，在我们那儿叫"双脱手"。如果自行车够棒，你可以双手抄在裤兜里从家一直骑到城郊的工厂，如果车子不太好，最好小心自己的下巴不要摔脱臼了。我依然记得大飞，当时他的书包架上带着闷闷，大飞一马当先飞速下桥，用双脱手的姿势回过头去和她凌空接了个吻。我认为闷闷不用考虑大飞的初吻了，那不属于她。

"失重的感觉真棒！"闷闷喊道。

接着我听见一连串的撞击声，大飞躺在地上，而闷闷飞进了花坛。有一个年轻的警察站在街上，拦住了他们的去路。大飞爬起来，像脱衣舞女郎似的浑身上下摸了一遍，这个动作十分可笑，其实他是想确认自己身上有没有骨头断了。这时，我捏闸，停在他身边，花坛里的闷闷发出尖叫。警察对大飞说："骑车带人，罚款两元。"

警察在当时被称为"老派"（派出所的意思），北方称为"雷子"，港台录像片里叫"条子"。我很喜欢条子这个说法。眼前这个小条子看起来比我们大不了几岁，帽子歪戴，表情严肃，嘴唇干裂，很像是需要两块钱去喝碗豆浆的样子。

这时大飞已经把身上的骨头都摸了一遍，没断，他从花坛里拉出闷闷，后者已经摔蒙了，坐那儿半天不说话。大飞回到小条子身边问："你为什么要挡我的路？"小条子瞪大了眼睛，似乎在琢摸大飞是不是有精神病。当然，大飞没有，他只是过于嚣张，他对小条子说我操你妈的你要是不挡着老子是不会摔这一下的你明白吗我干你娘的我在双脱手的时候你竟然蹿出来撞我。

我得先说明一下，在一九九〇年，我害怕警察。我不在乎警察当街拔枪，因为警察没有枪，更不在乎当街对打，因为警察人数通常不如我们多。我主要害怕的是被拖到局子里去，在某个黑暗的地方用麻袋套住脑袋，用电警棍电鸡鸡，从此落下六十年的阳痿早泄（我性苦闷的难熬的青春期仅仅只有六年）；或者喝下去十公升白来水再被人肚子上踩一脚，把水和胆汁全都喷到天花板上。

现在，这个小条子和大飞干上了。他不要那两块钱了，他要扣下大飞的自行车。大飞护着车，左右扭动闪躲，坚持不让小条子拔下车钥匙，并且继续漫骂。由于是冬天，街上没有什么人，由于他们的动作太过激烈，那些想看热闹的零星行人也只敢站在街对面张望。趁着这个工夫，我推着自行车来到了闷闷身边。妖艳的闷闷，化工技校89级机械维修班四十个男生的梦中情人，她玫瑰般的嘴唇里叼着一根烟，她本来已经吓蒙，现在回过神来，冷冷地看着大飞在街上跳霹雳舞，看着小条子恨不得一枪打死大飞却没资格佩枪的窘境。我凑上去看了看闷闷的脸。

"脸没有摔花。"我说。

"我已经照过镜子了。"她扬了扬手里的小化妆盒，那里面有一面内嵌的小镜子。说起来这个化妆盒还是我送给她的礼物，是我从表姐那儿偷来的，为此，她曾经请我抽过一根烟，但她并没有吻我。她瞥着大飞，说："要真是摔花了脸，我会找人把这两个王八蛋都杀了。"

"杀了大飞我可以理解，"我开始说风凉话，"可是杀警察会被判得很重。"

"我不在乎，"闷闷说，"我反正不会找你来干，你胆子比谁都小。"

"如果我带你，我保证不玩双脱手。"我说。

"不不不，"闷闷说，"我喜欢刺激，我喜欢双脱手的速度和下桥的失重，当然，我不喜欢摔。"她像成熟女性那样叹了口气，又像女大学生那样皱着眉头说，"这两件事挺矛盾的，这两件事不可兼得但是我偏偏都想得到，你是不会理解的。"

我赶紧说："我理解啊。"

"你理解个屁。"闷闷结束了谈话，站起来，向街上持续不断翻滚的两个人走了过去，我连忙跟了上去。然而就在这时，大飞还击了。我很清楚大飞的实力，他可以用牙齿撬开啤酒瓶盖子，可以单手扛着一罐煤气一步不停冲上六楼，可以和姑娘连续做爱六小时（这是他自己吹的），他所有的挣扎都只是为了挡住车钥匙，就像在游泳的时候挡住他的鸡鸡不要被我们所有人摸一遍。现在，大飞终于失去了耐性，他觉得这个破条子真是烦死了，他伸手把条子那顶带着国徽的帽子拍到了马路中央。条子和闷闷都愣住了，我还在往前走，被闷闷一把拽住了。

"你袭警了，"小条子提醒大飞，"你袭警了！"

"你的帽子是被风吹掉的不要怪我。"大飞满不在乎地说着，拽过自行车想跑。然而小条子被彻底激怒了，他照着大飞的头上打了过去。根据大飞事后的陈述，他挨打之后做出了本能的反应：照着小条子打出了一通组合拳。现在，小条子变成了啤酒瓶、煤气罐，或者是连干六小时的姑娘（这个比喻太糟糕了），他取代了闷闷的位置，倒进了花坛。直到此时，王八蛋大飞才停下了手，惊恐地看着花坛里小条子高高举起的双腿,那是否会令他联想起曾经睡过的姑娘?

"大飞你真的袭警了。"我还没说完这句话,他已经跳上自行车钻进一条小巷消失了踪影。

我和闷闷站在街上,围观的人正在从四面八方缓缓靠拢。我不知道该怎么办,我想去花坛那儿看一看小条子的伤势。闷闷再一次拽住了我,她用一种欢乐的语气问我:"你想死吗?"

"带上我,马上,逃离这儿!"我听见她在我耳朵边上狂叫。

当我再次返回日晖桥时,我没敢双脱手。我们像一条天边的流星,划过寒气凛凛的灰色城市。我感到闷闷揽住了我的腰,我感到她是一个机智、冷酷、果断的女孩,如果不是她的提醒,我后半辈子一定会捧着自己被电击过的鸡鸡天天大哭。我感到我会爱上她,但很可惜我并不是那个袭警的人,闷闷爱上的是大飞。

这是仅属于闷闷的时间

每年清明节,学校都会组织去烈士陵园扫墓。初中毕业以后,我以为这档子事情就过去了,没想到技校也要去扫墓,并且要求我们带上一朵纸扎的小白花。

这一天清晨,一辆大卡车载着我们去往郊区陵园,四十个男生站在车斗里,陈国真坐在前面副驾。我们的心情非常糟糕,因为,天上在下雨，那卡车没有篷。快要出城时，卡车发出砰砰的巨响，震得我们每个人原地跳跃。大飞就说，这车恐怕是要抛锚了，我们将会留在城乡结合部，像白痴一样看农民种地。大家都很发愁。其实那一带风景秀丽，绿油油的田，远处有小树林，飞着一些白鹭，如果抓到一只烤来吃了也不错。可惜，卡车没坏，它只是减速，继续砰砰地震动着前行。这时我们看到一辆大巴从身边经过，里面全是女生，她们从车窗里伸出脑袋向我们打招呼，喊着我们每一个人的绰号。

"我们去扫墓！"

"我们也是！"

那是纺织中专的女孩，其中大部分将在噪音巨大的车间里历练成听力欠佳、嗓门过度发达的女人。现在，我们四十个男生向她们挥手，喊着她们每个人的小名。她们中间有几个奔放的，向我们抛出飞吻。陈国真从卡车前座伸出脑袋大骂："你们这还像是要去给烈士致敬吗？你们这群流氓阿飞！"大巴超过了卡车，女生们向陈国真吐出一连串口水。

她们甩下了我们，我们在公路上继续砰砰砰，这座城市的雨季相当可怕，会令人产生忧郁的错觉，即使文盲，也会变得像个诗人。至于那本来就像诗人的花裤子，他已经忧郁得说不出话来。为了活跃一下气氛，大飞开始讨论纺织中专哪个女生最漂亮：像雨季一样忧郁的梅梅，发育得比较好的倩倩，还有我们最熟悉的闷闷。等一下，闷闷在哪儿？那个最嚣张的闷闷，她本来应该从大巴直接跳到卡车上和我们打情骂俏，但她似乎消失了，似乎没有存在过。

"我们有多久没见到她了？"大飞问。

"三个月。"飞机头说。

这时我意识到我们已经失去了闷闷，她不再和我们玩了。

快到烈士陵园时，终于，卡车抛锚了。卡车司机愁苦地抽了根烟，然后跑到传达室打电话找人来修。路途过于遥远，况且又下雨，我听见他在传达室和人对骂，我估摸着这一趟倒霉的旅程恐怕是要徒步走回城里了。陈国真招呼我们排队，走上那高高的花岗岩台阶，保持肃穆。对了，我忘记了那朵小白花，我从裤兜里掏出它，拿在手里，像一个虔诚的欧洲新娘，走向高大而陈旧的纪念碑。就在那里，哀乐正在响起，纺织中专的五十多个小女生在小广场上低头默哀。她们中间，有人回过头来向我们挤眉弄眼，有人双手插在裤兜里像男人一样抖着腿，有人用力搓着裤腿上的泥浆，有人掏出一面小化妆镜……

"她们没有一点历史责任感。"陈国真说。

大飞点起一根烟问我："他在说什么玩意儿？什么是历史责任感？"我说我也不知道。我们蹲在后面，直到女生们做完仪式，她们走进陵园，把手中的小白花绑在树枝上。树枝低垂，落下雨水。轮到我们走上小广场，列队站立在细雨中，空气里确实有一种凄凉的意味。陈国真说到了北伐战争、抗日战争、解放战争、朝鲜战争，还有刚刚停战的对越自卫反击战，每一场战争都会有烈士，而我们这把大好时光的小流氓最好是去参加一场战争，不管跟谁打仗，反正只要我们去滚滚地雷、堵堵枪眼，就会变成一个正派人。他讲完这些时，我都快冻睡着了，终于，哀乐再次响起，我们低头，像是被迫承认了陈国真的观点。大飞踢了我一脚，低声说："我看见闷闷了，她在那边哭呢。"

我感到非常诧异，我确实看见她坐在远处台阶上哭泣，这是绝无仅有的事情。等到哀乐放完，陈国真让我们到陵园里去扎小白花，我寻找着闷闷的身影但她却不知所踪。

"她为什么哭？"

"因为她爸爸是烈士，她爸爸葬在这里。"花裤子告诉我们。

"解放战争？朝鲜战争？自卫反击战？"我问。我想闷闷怎么可能出生于一个军人家庭？如果她爸爸是革命烈士，她又怎么可能去念一个倒霉的纺织中专？这不合规矩。

"她爸爸是毛纺厂的工人，前年毛纺厂着火，烧死了。她爸爸当时参加了救火工作，可是一直没有评上烈士，她妈妈去市里面哭闹了一年，还去省里上访，他们才给了一个烈士名额，埋在了这里。"花裤子解释道，"所以闷闷现在是烈士的女儿。"

"我们是不是应该去找一下闷闷？顺便给她爸爸上个坟。"

"不用了，她们已经走了。"

但是大飞还是追了出去，一直追到陵园门口，五十多个女生正在排队登上大巴。大飞凄凉地喊了一声闷闷，那些女生冲他竖起很多根中指，闷闷却没有回答一声。后来大巴开走了。

我一直想着，这么糟糕的天气里，我们的闷闷是什么心情，为什么她连我们的安慰都不需要了。我的心情也变得很糟糕。陈国真说："别这么垂头丧气的，明年你们就不用来扫墓了，明年你们去工厂实习，就是工人了。工人是不用来给烈士扫墓的。"我摇摇头，摸着裤兜里的香烟，最好是找个地方抽一根。当我们走到公路边时，那白痴司机还在传达室里打电话，他似乎是没办法了。如果这车开不动，下午的课就不用上了，走回去也挺好的，在凄凉的雨里走着，继续想念着闷闷。不过这件事最终的结局我可以立刻告诉你：我们四十个人推着那辆操蛋的卡车回到了城里。

终 局

终 局

我活到二十四岁,技校的那帮同学已经全都找不到了。我们在一九九二年分配到全市的化工厂,效益较好的是农药厂和溶剂厂,效益较差的是炭黑厂和饲料厂,几年后,这些厂都不行了,一部分停产下岗,另一部分由于环保问题被迫迁往偏远的郊区。化工技校89级机械维修班的四十个男生,他们大部分是机修工,没念过什么书,也不大会经商,就算找到他们也无话可说。当然,我自己也有问题,我在这班级里一直不太合群。二十二岁那年我开始混迹在戴城大学的诗社里,和一个学日语的女孩谈恋爱,这似乎超出了机修工的能力范围。我还考上了夜大,学的是会计专业,一九九六年以挂科七门的成绩从这所野鸡大学拿到了文凭,但无力再考一张会计上岗证书,随即从糖精厂辞职,晃在社会上,到一九九七年时,我花光了所有的积蓄。

学日语的女孩那时已经快要和我分手了,她本科毕业应聘在一家日资企业做文员,上班很远,从雅菲大酒店还得往西走三公里。日资企业的薪水并不高,她买了一辆新自行车,每天蹬车上下班,和我在国营企业的时代并没有太大差别。有时候她加班,夜里我去接她,雅菲大酒店一带已经是小有名气的红灯区,很多酒吧和桑拿房,再往西走便是空荡荡的开发区,人行道上新种下的香樟树只有碗口粗,窨井盖经常被人偷走。想到她随时都可能和我说告别,心情总不免低落。

有一天深夜,我接到学日语的女孩,我们俩并排骑车经过雅菲大酒店,她忽然停了下来,单腿驻在人行道上,向街对面那一片霓虹灯观望。这座城市里夜生活最丰富的地方。在我们谈恋爱的日子里,很多夜晚都是在录像厅、大学食堂或者是街心花园度过,她一直是个穷姑娘,我也没什么钱,我们从未有机会去酒吧喝上一杯。

"那是红灯区。"我说。

"不,那是酒吧区。"她仍然看着远处的霓虹灯,"其实我一点也不喜欢在日企上班,非常枯燥,总是加班。我想到那个地方去,做一个咖啡师。"

"哪个薪水更多?"

"还是日企更多些。我爸妈只希望我进外企,或者是外贸公司。但是你,快两年没工作了,你就没想过去学做咖啡师吗?"

我摇摇头。我说我喝不惯咖啡,也不喜欢咖啡师、调酒师这种职业,我做不了任何伺候顾客的工作。她听完以后只是笑了笑,费劲地启动自行车。那一路上我们没有再说过一句话。

进入雨季之后,她仍然加班,但不再要求我接送她。有一天周末,我去找她,发现她买了一辆红色的助动车。她是个有点疯狂的姑娘,尤其对于速度似乎有一种迷恋,她把车速拉起来之后,我就再也追不上她了。

我们之间最后一次通电话是在一个下雨天。她说她辞掉了日企的工作,正在备战托福,她要去美国念MBA。讲完这些,电话那边陷入了长久的沉默,仿佛她刻意要把自己变成一个黑洞。我祝她一切顺利,挂了电话,想想不太甘心,总有什么话还没说出口,但显然我已经和她道别了。我忽然想,在长达两年的恋爱期间,可能我看上去始终就像一个——只爱自己的人。

我和学日语的女孩分手以后,一度生活艰难,说起来,这纯粹是自找的。我不想出去工作,只想在家里写小说,在四百字的方格稿纸上消磨时光。我发表过几篇小说,拿到过几百元稿费,但除此以外,毫无反响。那是一九九七年,在文学刊物上发表作品已经不是一件很光荣的事,也看不到什么前途,社会上谈得最多的是股票涨跌和金融危机,后者导致的经济恐慌尽管不太容易理解,但下岗丢饭碗、通货膨胀、住宅商品化,这些事情活生生就在眼前。

那时候我根本不相信做咖啡师能够养活自己,我也想象不出这座城里的工人、农民和小知识分子去咖啡馆里坐着的样子。

雨季结束后,我决定去开发区的人才市场逛一圈,半路遇到第二纺织厂的女工闹事,大清早把主干道全堵了。中午时,我赶到人才市场,那里还没散场,许多操着外地口音的应届毕业生围在外企的招聘台前,我自忖挤进去也没什么机会，我既不会外语也不太懂计算机。场子里还有一些较为冷清的招聘台，那都是本地的私营企业，或是一些过江龙式的分公司和办事处，招聘的职位多是仓管员、推销员。对此，我毫无兴趣，在里面转了一圈，正打算离开，有人拍我的肩膀。

那是花玮，我技校时代的同学，我已经有三年没见到他，从前他的绰号是花裤子。

"我最讨厌别人拍我肩膀。"我说。

"不是你，是我最讨厌。"花裤子说。我们搭着肩膀往外走。

一九九二年分配工作后，花裤子去了效益很糟的炭黑厂。学校用的是总学分制，学分靠前的人优先选择工作单位，花裤子成绩中等，但是在道德品质一栏里不知怎么的被扣了两百多分，名列全班倒数第一。我同样也被扣了一百多分，后来我父亲托人给校长送了两条烟，学分又补了回来，我去了糖精厂，那里情况也很糟，但相对干净，上班也没那么远。花裤子是一个有轻度洁癖的人，他去炭黑厂上班，一个月后因连续旷工三十天而被开除，此后我们联系得少了，一九九四年他去了深圳，不知道做什么，总之是给人当马仔。

"什么时候回来的？"我问他。

"去年夏天。"他说，"我和所有人断了联系，他们现在怎么样了？"

我听得懂：所有人，指的是那班级里的四十个男生，到毕业的时候，实际只剩下三十三个；所有人，还有那些陪我们一起玩闹过的姑娘；所有人，是不是还包括仇人？那些记忆十分遥远。我说我也很久没联系他们了,我知道闷闷在二纺厂工作,我过来的时候二纺厂的女工正在闹事,上千个人,不知道其中有没有闷闷。我还想起花裤子的爸爸是二纺厂的工会主席,不知道有没有被女工们打成残废。我这么揶揄着他,他笑笑,没说什么。

"来应聘工作?"我问。

"不,我来招聘。"

他拍了拍手里薄薄的一叠纸,那是投档的简历。走出人才市场,他跨上一辆银灰色的助动车。

"有没有兴趣到我的小公司去看看?"

"你的公司?你是老板?"

"不远,就在前面商务区。"

他拍了拍助动车后座,我跨了上去。

所谓商务区和酒吧区只隔了一条马路,不远处就是雅菲大酒店。我问他,还记不记得当年,雅菲大酒店刚开张的时候,我们几个过来看热闹,感觉非常遥远,像是到了城市边缘地带。

花裤子说:"当时就是城市边缘,再往前走全是菜地了。现在,你看看这里的公司、酒吧,还有商品房。你应该在这里买套房子。"

"我爸刚刚拿出七千块买下了我们家的房子。"我说,"说好的福利分房,最后竟然要我们花钱再买一次。我家里已经不剩几个钱了。"

"你在哪里上班?"

"失业。"

"好嘛。"

五分钟后,助动车停在沿街一个小门面前面,玻璃门上贴着"名片、刻字、设计"的字样,有个挺大的金字招牌挂在门头上：华盛广告。

"看着像文印店嘛。"

"不不,这是公司,广告公司。"花裤子领我走了进去。

那地方比文印店大不了多少,有两台绿壳的计算机,复印机和传真机在屋子一角,其他设备我叫不上名字。两个二十出头的女孩分坐在屏幕前,背对着我们,其中一人回过头来看了我一眼。很低的音乐声不知道从哪个喇叭里传来。

"这女孩长得像丹丹,你还记得丹丹吗？"我说。

"别提这个了。"花裤子把我领到了后面办公室。我坐在一张设计得很怪异的扶手椅上,看着他的办公桌,弧形,桦木贴面,铝合金支脚。这与我惯常所见的办公室很不一样,别家都是楠木棺材一样厚重的老板桌。他打开电视机,看了看本地新闻,没有二纺厂女工闹事的消息,这种消息不会出现在新闻里。只有312国道的车祸,一辆卡车侧翻在田野里,画面远处是硫酸厂常年滚滚冒烟的厂房。

花裤子拆了一包软壳中华,用手指拍打包装完好的那一侧,一根香烟弹出半截过滤嘴。他把整包烟递到我眼前,我抽出那根烟。这个动作让我回忆起一九九〇年,那时,我们十七岁。他们洒香烟的时候总是抓起三五根,发到大家手里,只有花裤子不爱伸手去接,他认为过滤嘴不应该被别人的手指沾过,甚至自己的手指,也不应该。这种规范的敬烟动作后来也影响了我。

"丹丹后来去了珠海。"花裤子吐了一口烟说,"她做了野模,走穴挣钱,我们在深圳见过几次。"

"好惨。"

"不不,她混得比你好。二十五岁的模特,当红之年,很多人追求她。"

"于是乎,你就找了一个像丹丹的女孩来给你打工?"

花裤子像是吃了一口药,歪着脸说:"依我看,我们就不要像十七八岁时候那样讲话了,好吗?像个成年人,好吗?我经历过的沧桑你是没法想象的。"

我决定给花裤子打工,也就是那天下午的事。他需要一个能帮他做外务的男性员工,无需接待客户,只要跑跑印刷厂,跑跑发片公司,偶尔收账或押货。我提出想学电脑,但我没钱去培训班,想在这里借他的机器学,那个长得像丹丹的姑娘也许可以教我。

"不要再说她像丹丹了,求你了。"花裤子说,"计算机你可以用,但别给我弄坏了。另外,我可以预先告诉你,这种机型你学会了也没什么用,它是苹果机,很贵,用来做平面设计的,是 MAC 系统。你想要学的那种叫做 PC 机,用的是 Windows 系统。它们,不兼容。"

"我暂时听不懂你在说什么。"

"好吧,记得不要叫我花裤子,叫花总。"

我们谈好了薪水,六百一个月,每周休两天,加班用调休来补,没有加班工资。当然,也没有保险金之类的福利。每天早上九点到公司,不包午饭,下午四点就可以下班回家了。最后又讲了一个条件:

"如果公司生意不好,我可能会随时辞退你。"

"没问题,我也可能随时不告而别。"

这天傍晚我们找了一家小馆子吃饭。酒吧区一带有不错的西餐厅和日料店,价格不菲,而他带我去的是一家"何嫂家常菜"。我们喝了几瓶啤酒,不太过瘾,又要了一瓶二锅头。我问他,到底挣到钱了吗。他说,资金确实有点紧张,钱都投到了设备里面,苹果电脑两台,扫描仪是日本进口的,那台复印机是二手货但也不便宜,房租每季度一万五,俩姑娘月薪各一千二。这令我有点郁闷,我只有六百。

"如果你会用 Photoshop,我也能给你一千二,但是你学会了也好不到哪儿去,软件是软件,审美是审美,你毕竟和我一样是个学机修的,也许你还学过会计,但我妈就是会计。"花裤子喝多以后,话也多了起来。

"在工厂的时候,我每个月工资奖金也有一千多。"

"时代已经不一样了。"

由于喝了浑酒,这顿饭没吃多久我们就开始回忆往事。我们说起一九九〇年夏天,七八个小崽子蹲在瘟生家的录像出租店里,看了一部相当古怪的毛片大集锦,大概有四十多个女演员在粗糙的画面中轮番出现,每人时长不超过一分钟,各种切换和配乐使一场严肃的青春期启蒙教育变成了支离破碎的小品大杂烩,我们在这部片子里指认了各种似曾相识的脸,有一个像闷闷,有一个像闹闹,自然也有像丹丹的,最后我们还看到一个男演员的身材很像大飞。说起大飞,自从他去珠海打工之后,就彻底失去了联系。

"我希望他不要重操旧业。"花裤子在"操"字上加了重音。

"你会不会怀念十七岁?"我问。

"不会,那是我过得很糟糕的日子。而且,说实话,我和你们都合不来,你们太幼稚。"花裤子捧着头说,"我应该是这个班上最有出息的人,二十四岁就开了自己的公司,接单做生意,不用在化工厂里做白痴。"

"对,你还雇了我。"我说,"但相比于猪大肠,我们都可以算是成功人士了。"

"猪大肠怎么了?"

猪大肠在毕业时体重已经飙升到了两百五十斤,他没法控制住自己发胖的速度,他在农药厂的金工车间里抡榔头敲铁皮,节食和运动对他来说都没用,当体重超过三百斤的时候,他不能上班了。一九九六年,他从农药厂下岗,回到家里,由他父母养着。现在,他将近四百斤,上过一回电视新闻,据说他是这座城市有案可稽的最胖的人。

"你想去看看他吗?"我说,"顺便说说你是最有出息的。"

"算了,我已经和过去彻底切断了联系,我其实也不太想看见你。"

我们继续喝着,后来那个长得像丹丹的女孩走进饭馆,满脸不悦,对花裤子说:"花总,卵七又来了,他在找你。"我一听卵七这个绰号就笑了起来。

秋天时,我在华盛广告公司上班。花裤子经常不在,有时是去外地出差,公司里只剩我和两个女孩。那个长得像丹丹的,大家喊她雯雯,学美术设计的,电脑玩得很熟练;另一个叫小俞,手脚略慢些。相熟以后,她们给我讲了Windows系统和MAC系统的差别,又解释了Photoshop、美术设计和平面设计师之间的关系。两个女孩都很能干,除了做设计之外,还负责接电话,应付一些上门生意。花裤子的办公室不给我随便进去,平时我只能坐在设计间里,工作并不繁重,连续一星期我都是坐满七个小时回家。

我每天也就和两个女孩聊聊天,雯雯对花裤子显然很有好感,问到他的前世今生。我告诉她,花裤子的爸爸是二纺厂的工会主席,妈妈是印刷厂的财务科长,在过去的年代,算是出身不错的家庭,但花裤子本人不太走运,他和我一样考上了那所化工技校,在过去的年代,化工系统是效益很好的系统,收入比较高,可是大家就没想到那所学校本身糟糕到什么地步。

"什么地步?"雯雯问。

"全是流氓,包括老师也是。"我说,"等到我们毕业之后,没两年,环境就变了,在国营工厂上班是一件非常傻的事情。你能明白这意思吗?"

"什么意思?"

"就是说，"我想了想才说出来，"我们大概是牺牲品。不过也未必，每一代人都说自己是牺牲品。"

雯雯说："你的说法听起来像我爸爸，我理解不了。我是学美术的，从一开始的理想就是进广告公司，做设计师。"

我说这也曾经是我年轻时遇到的那些女孩们的梦想。讲到这里两个女孩都笑了起来：你才二十四岁。

后来又说起卵七。我感到奇怪，因为卵七是个十分粗俗的绰号，而雯雯一点没忌讳地把它念了出来（她是个讲话很谨慎的女孩）。雯雯说："花总很讨厌这个人，私下里就喊他卵七，我是北方人，不知道你们说的卵七是什么意思。"小俞在一边偷笑。我说反正很粗俗，和傻逼差不多的意思。雯雯说这也没什么，傻逼是一个通用词汇。

卵七当年和我们是同班同学。一九九〇年，学校抓资产阶级自由化典型，卵七用一个小本子记下了我们所有人的胡言乱语，送到了校长那里。花裤子在这个名单上排位第一，并不是因为他爱讲话，而是卵七和他喜欢上了同一个女孩，那女孩后来去做了模特。后来，卵七被我们暴打，当着他爹的面，我们打断了他的一根肋骨，然后把他爹的鼻梁骨也打断了。这对父子没敢报警。他真正的绰号应该是"告密者"，可惜在那个学校里，没有人听得懂这么文绉绉的词，还是打断他的肋骨比较合适吧。

卵七毕业以后和我一样在糖精厂上班。他做了几个月的钳工，然后就调进了销售科。后来我们才知道，是他爹升官了，一个局里的小秘书调进了市政府。又过了一年，卯七调进了化工贸易进出口公司。我们和他没有交集，我们不需要那成吨成吨的化学品。

"他现在是副科长了，手上有很多广告印刷的业务。"雯雯说，"花总在求着他发单子。"

尽管我不想看到卯七，但最终他还是出现在了公司里。我们打了个照面，他穿着合身的西装，仍然佩戴着八十年代末流行的变色蛤蟆镜，这副眼镜是他的标签，始终能遮住他略带斜视的左侧瞳孔。

"听说你在给花裤子打工，蛮好，蛮好。"

我点点头，看了看他的肋部。花裤子在一边不安地跺着脚，把卯七引进办公室，关上门。没过多久，里面传来卯七训斥花裤子的声音。我踱出去抽烟，雯雯也跟了出来。

"能从这白痴身上赚多少钱？"我问。

"上一单我们做亏了。"雯雯说，"他要的回扣太多。"

我们在商务区散步，雯雯进了便利店，也买了一包烟，没有要回公司的意思，似乎卯七的出现真的让她不舒服，然而，关于卯七，又实在没什么好多谈的。那时已经到了下班时间，晚霞落在远处的开发区上空，我们踱到酒吧区，看着远处的马路，很多下班的外企员工正向市区方向拥去，迎面走来几个打扮妖冶的女孩。

我问雯雯："这是陪酒女郎吧？"

"是的。这一带就是她们讨生活的地方。"

我又问："她们出台吗？"

"我可以说我不知道。"雯雯冷冷地说,"当然喽,她们出台。"

那几个女孩大声说话,往一间酒吧里走去。我转过身,靠在一根栏杆上,注视着她们的背影。其中有一个女孩嗓门很大,走路的样子像极了闷闷,那个去了二纺厂的、我们曾经认识的马路少女。有多少次,我们都嘲笑她的大嗓门,在纺织厂的车间里,那是必备技能;有多少次,她都说自己老了以后会被机器的噪音弄成一个半聋子。如果那女孩真的是闷闷,简直让我不寒而栗。

某一天,雯雯给了我一箱印刷品,让我开着花裤子的助动车送到化工技校。我由西向东穿过了整个市区,学校还在,只是改换门庭,变成一所职业技术培训学院。原先的化工局已经撤销。

学校紧贴着运河,用一道高墙拦住。一九九一年夏天,不知死活的阔逼从围墙上跳进了运河里,因此赢了全班每人十元,当时我们继续打赌,阔逼若敢从教学楼的楼顶跳下河,全班每人输他一百元。这小子真爬了上去,站在三层高的楼顶,像高台跳水运动员那样做了一个展臂的动作,最后还是没敢跳,下来了。阔逼后来因为一包假烟,和烟贩子对打,把人打成轻伤,被判拘留十五天。他还打断过卵七爸爸的鼻梁骨,是我们班第一个被开除的。卵七爸爸升官以后,我们找到了摆香烟摊的阔逼,让他不要在这鬼地方待着了,尽快逃到别处去。阔逼坐在街边,沉默了很久,那一拳已经事隔三年,他说所有抡出去的拳头都应该在二十四小时内得到回应,过期作废。后来他收拾收拾,把香烟散给我们，换了点钱走了。

我扛着箱子进了办公楼,把印刷品交给总务科。这学校好几年没来，居然有点陌生了。办公楼共四层，顶楼曾经是郊县委培生的宿舍，用铁栅栏封住通道和窗户，里面住了很多郊县口音的女孩。这种口音受歧视，那伙狂妄的技校少年觉得她们是乡下女孩，不值得交往，但其中有一个叫阿霞的，她是我毕生所见的最像玛丽莲·梦露的女孩，即使在此后岁月里我去过很多地方，交往过很多女孩，这个来自郊县的梦露仍然无可匹敌地留在了我的脑海里。我最后一次见到她时，她违反校规，把头发染成了很浅的金色，撕碎了所有的考卷从宿舍窗口洒了下来，然后她退学了，背着行囊不知道去了哪里。

我独自走出办公楼时，在楼道口遇到了陈国真，我们当年的班主任。他叫住了我，问道："听说你在给花玮打工？"

"合开公司。"我撒谎说。

陈国真几乎是敬重地看了我一眼。

"你什么时候退休？"

"我还能做十几年。"

"学校不下岗？"

"学校不会下岗。"

他也老了，而且变得文静了些。过去他一直夸口自己在西藏当过兵，训起学生来满口脏话，学校认为像他这样的狠角色来管我们四十个男生，十分合适。有一次，他训完之后自己居然哭了，是那种情绪起伏很大又不太懂得控制自己的人。他一直不知道这伙十七岁的小崽子有多冷血。

我派了根烟,在办公楼外面抽了几口,问起他关于西藏的问题。他说进藏最好从北边走,坐火车到青海格尔木,休整一下,换汽车,到拉萨正常情况下五六天时间,途中经过唐古拉山口,那里海拔很高,现在这个季节还能去,再过一个月你就受不了那气候了。我问他川藏线怎么样。他说,那条路不好走,很危险,有一年他们连长的妻子来探亲,遇到塌方,路上走了十几天,桥断了,两人隔着河看了一眼,喊了几声,探亲假也用完了,就此打道回府。我问他,西藏那边有没有熟人,我想去无人区。他摇摇头说,到了拉萨,你要是机灵点,四海之内皆兄弟,你要是不机灵,狗都能把你撵出去。

关于西藏,他能讲上三天三夜,过去我们为了讨他欢心,就故意求着他讲西藏的故事。事到如今,他好像也没什么可多讲的了。临别前,他再次确认了一下,问我,真的要去西藏?

"真格的,必须要去,如果感觉不错就不回来了。"我说。

我和雯雯聊起西藏的时候,她变得兴奋起来,往随身听里放了一张朱哲琴的《阿姐鼓》,插上有源音箱,听了起来。我喜欢那首《羚羊过山冈》。雯雯说:"雅菲里面有一个西藏专卖展览,去看看?"我说,没想到她也对西藏有兴趣。她说:"嗨,我是学美术的。"

我们晃到雅菲大酒店,它已经不再是本市最豪华的宾馆,南区的喜来登和西区的希尔顿相继落成。大堂还是老样子，我们走进专卖店，柜台里陈列着各色藏银饰品、天珠、蜜蜡、唐卡，架子上有一排嘎巴拉碗，雯雯说那可能是仿品。我盯着墙上一张开价九千的雪豹皮，看了很久，想到了《乞力马扎罗的雪》。

我们离开雅菲大酒店，到一间咖啡馆坐了一会儿，正是午休时分，商务楼里有一些男女走进来。雯雯说，瞧，这是中国的第一代白领……后面的话她没说，不知道是羡慕还是嘲笑。我呢，看着柜台里系围裙的咖啡师，动作麻利，表情流畅，我揣摩自己要是站在那位置，会是什么样。

"我来错了地方。"雯雯说，"我应该去北京、广州、上海，我以为你们这里广告业很发达呢，很可惜，只有一些贩卖户外广告的投机商，贿赂市政管理部门，然后赚差价。他们根本不需要平面设计。过了今年，我一定要去西藏。"

"到底是去大城市做白领，还是去西藏？"

"这是个好问题，也是个烂问题，两者根本不冲突嘛。"她认真地说，"但是，对某些人而言，这是一个方向性的选择。比喻意义上的。"

"能指意义上的。"我说。

说到这里，她的传呼机响了，一看是公司打过来的。雯雯托着脸，做了一个不耐烦的表情："你的老同学又来了。"

我们在咖啡馆又坐了十分钟，然后才走回公司。卯七就坐在我平时抽烟看杂志的扶手椅上，两脚搁在雯雯的电脑椅上。他还是那副打扮，没跟我打招呼。小俞无助地看了雯雯一眼，后者板着脸站在电脑前，卵七把脚放回到地面上。雯雯打开电脑，屏幕上出现了一张设计到一半的册页封面。卵七拉过椅子，凑到了雯雯身边。雯雯说："麻烦你把墨镜摘了，你戴着这个是看不准颜色的。"

这本进出口贸易公司的产品型录就是花裤子求来的业务，从设计到印刷，华盛一手全包。雯雯告诉我，这是她做过的最厚的册子，将近一百页的胶装，设计工作量巨大，当然也意味着利润很厚。卵七凑在电脑前，指点着让雯雯调整字体和插图。雯雯说过，这是平面设计师最憎恨的工作方式，但我也没有办法，我根本就憎恨卵七。到下午时，我在门口抽烟，花裤子回来了，他没进去，在门口要了我一根烟。

"这就是你和过去彻底切断联系的结果？"我向里面看了一眼，"以及，还有，化工技校的生意。"

花裤子看着手里的香烟，用他一贯厌世的口气反问："为什么要在乎这些话？如果不是卵七，而是大飞，你还会这么问我吗？"

"我不会。"我诚实地回答，其实也是不想让他难堪。

"但这白痴真很讨厌，他改起设计来没完没了，他好像觉得自己是毕加索，或者达·芬奇。操他妈的，他只是一个技校毕业靠着他爹才混上副科长的白痴。"

我们抽着烟，隔着玻璃门，里面雯雯的脸色已经接近暴躁。我不得不开解花裤子：卵七看上去并没有恶意，他只是以为自己懂设计，你知道，这种白痴很多，他以为自己很帅，以为自己很聪明。我讲话的语调又回到了十七岁，变得像一个愤世的小流氓。我觉得自己活回去了。那天搞到傍晚六点，不但花裤子和雯雯受不了，连卵七自己都累坏了。

那以后，卵七天天来。雯雯负责设计，卵七负责提意见，两人修改完毕，他的上司又推翻，继续修改。雯雯崩溃了两次，小俞接力来做，就像一场猫和老鼠的游戏。到十月底，大家终于见到了曙光，卵七的上司签字通过了设计稿，现在这批东西可以放到印刷厂去开印了。有一天夜里，我们三个人又去了"何嫂家常菜"，花裤子在店门口给了我六百元现金，说是当月的工资。

"以后发工资记得在办公室里，而不是这样，像黑社会卖白粉。"我说。

"你要记得，我是你的老板。"花裤子说。

我们走进店里陪卵七吃饭，花裤子替他斟酒并敬烟，有时出于礼貌也发给我一根。虽有陈年芥蒂，毕竟心情还不错。我们迅速喝下去一瓶白酒，然后喝啤酒，开始回忆往事。卵七提到了雯雯，雯雯为什么不来？花裤子说雯雯在公司加班，她是设计师，按规矩不陪客户喝酒。卵七说："雯雯长得真像丹丹，你还记得丹丹吗？"

花裤子说："丹丹要是在这儿，能给你一个耳光然后让你滚蛋。"

卵七说："我也曾经遇到过一个女孩像丹丹，我追求过她。"

花裤子说："世界上并没有那么多女孩像丹丹。"

又喝了几杯，卵七忽然哭了起来，这让我有点烦躁，我讨厌喝多一点就以泪洗面的人。卵七说起了丹丹，说起他曾经约会过丹丹，却被她甩在街上的事情，那件事发生在一九九〇年，那时他十七岁。在我看来，这是一件极其平常的事，丹丹把我们所有人都甩在街上，毫不奇怪。我想起大飞形容过的：卵七哭起来像一只受了委屈的老鼠。是的，卵七从来没长大过，他活在那个古怪的、廉价的十七岁，在那个年代他就以为自己早熟早慧，但实际上，即使时隔多年他也未能跨出半步。

"我为了丹丹被你们打断了一根肋骨。"

"不，"我和花裤子几乎同时喊了起来，而且笑了，"你是因为告密被打断了肋骨。"

"不，"卵七说，"我是因为和丹丹好上了，你们妒忌我。"

"你从来没有和丹丹好过，你记忆出错了。"花裤子说，"不过你可以这么安慰自己，毕竟，作为告密者来说，不是很光彩。"

卵七往地上扔了个啤酒瓶，这样，花裤子不得不结账。我们走出饭馆，外面很冷了。花裤子搭着我的肩膀说："我应该再打断他一根肋骨，他一直在骚扰雯雯。"

"他以前那根也不是你打断的。"我说。

我们三个人走到开发区大道边，一同跑到花坛边小便，然后在街边的长椅上坐下。夜还不算太深，公交车像移动的金鱼缸，开过我们眼前。至少有一瞬间，我感到逝去的时光又回来了，但并不美好，过去和未来的时光同时悬挂在夜空里。凉风吹过以后,我有点晕,想回家。

"路小路,你可以回家了。"卵七吩咐我。

"什么意思?"

"回去吧回去吧。"

卵七又露出了那种诡异的笑容,我太熟悉了,那笑容意味着他有一个十分得意的秘密不打算让你知道,但在事后,他又会忍不住拿出来炫耀。我站了起来,花裤子翻看着手里的中文传呼机,他告诉卵七:"我得回一趟公司。"

"我跟你一起回去。"卵七说。

"你不能去!"花裤子焦躁起来,把传呼机塞回自己腰里,"当然我也不能把你撂在这里,等会儿让路小路开我的助动车送你过去。"

我问:"去哪儿?"

花裤子把我拉到一边。

"我答应了今天晚上带卵七去帝豪桑拿会所,但我没法去了,雯雯刚才发消息给我说,她不干了,要辞职,我得回公司去留住她。"

"你可以明天带卵七去洗桑拿,或者明天去留住雯雯。"我说。

"我并不想去洗桑拿,我只想现在就回公司去见到她。"花裤子说着,从裤兜里摸出车钥匙交到我手里,又从钱包里掏出一千块给我,"开我的助动车,带这个白痴去吧。他喜怒无常,如果不满足他,明天的预付款到不了,我就没法下印厂开印那批东西。"

"你能告诉我,他要洗的是哪一种桑拿吗?"

"帝豪就在酒吧区后面,你知道的,不要再问我了。"

我开着助动车带卵七去酒吧区,道路很黑,我开得挺慢的,免得自己掉进哪个无盖的窨井里。他起先很诧异,认为花裤子应该陪他。我说,你不至于想和花裤子在同一个房间玩吧,或者玩玩花裤子?卵七说,那倒不至于。我说,那就对了,谁陪你去,并没有什么分别。

我问他,还记得当年,我们班四十个男生凑齐了钱,去温州发廊洗头的事情吗。卵七感动起来,说那件事印象深刻。我追问道,你喜欢桑拿或者洗头吗。卵七说,业务活动嘛,我们招待客户也都是去桑拿房。我又问,你喜欢雯雯吗,觉得她像丹丹吗。卵七说,像又怎么样,她不如丹丹可爱,听说丹丹后来做鸡去了,丹丹也不可爱。我说,你他妈的刚才好像为丹丹掉眼泪了。卵七说,我的眼泪不值钱。我一边开车一边笑,说我真应该把你的两排肋骨全他妈打断,还记得是谁打断你的肋骨吗。卵七说,不记得了,就记得是阔逼把我爸的鼻梁骨打断了,我要是能找到阔逼啊,我让他在局子里抽筋剥皮。我说,不要这样,阔逼是个不怕死的,他可能会先把你全家杀了。卵七问,你还记得是谁把我的肋骨打断的吗。我说,那么多人一起动手打你,没看清,有可能是我打的。卵七说,不是你。我说,真的是我。卵七说,我虽然喝醉了但我知道不是你。我说,你就记住,我们当时不是为了丹丹打你,但如果换了现在,我愿意为丹丹打断你的肋骨。

我们就这样胡言乱语地来到了帝豪楼下,我带着卵七上去,把他交到一个领班手里，带了进去。他没回头招呼我。我坐在大堂的沙发上抽了根烟，看着墙上的钟，偶尔有女孩带着完事的客人到账台结账。那身高一米六左右的，我真的以为是闷闷，又吓了我一跳。我站了起来，走上去看了一眼，那女孩拍了拍我肩膀，走了。我确信她不是闷闷，只有闷闷拍我的肩膀不会让我恼怒，但那已经是好几年前的事了。我想起了《麦田里的守望者》的结尾，想起了所有的人。

我真的坐不下去了，到账台前，掏出了花裤子给我的现金，提前为卵七结账。账台的小伙子告诉我："一千六。"

"八百块两个钟，应该是这个价吧？"我说，"这是全市统一价。"

"他叫了一个双飞燕。"

我遏制不住地大笑起来，用账台上的电话机给花裤子挂了个电话。

"他叫了个双飞燕，而我这儿……"我摸了摸自己的口袋，"除了你给我的一千之外，还有六百块工资。"

"你帮我垫付掉。"电话里传来花裤子疲惫的声音。

"雯雯怎么样了？"

"你帮我垫付掉！"花裤子大喊起来，"让那个白痴玩爽！明天他就会老老实实把钱打给我了！"

我把口袋里所有的钱掏出来交给了小伙子，并告诉他，如果那位客人还点了其他东西的话，就只能请他自己付账了。

我独自走下楼，找到了花裤子的助动车，夜晚凉得让人心碎。我开着助动车走了一段路，到达酒吧区，那一带灯火辉煌，但并不是很热闹。我有点想念学日语的女孩,不知道她在哪里。与此同时我也开始想念丹丹,想念闷闷,想念纺织中专的小蛮婆们,想念那个从来没搭过话的梦露一样的女生。有两个穿短裙的女孩正走出酒吧,经过我身边,一直走到黑暗的道路上,像是没有什么值得留恋。我想起有个女孩说过,在她的身体里住着另一个人。那语调太抒情又太疲倦,只有十七岁的她讲这句话才不那么矫情。我猜想在这个时间之中还有另一种时间,在这个夜晚之上还有另一个夜晚。这句话可以一直翻版下去,直到耗尽我的记忆。